航空自衛隊
副官 怜於奈❸

数多久遠

ハルキ文庫

角川春樹事務所

目次

第一章　副官とヤバイ話

斑尾《まだらお》の頭上に巨大な影が迫る。着陸のために出力を絞っているとは言え、西側に作られた第二滑走路に進入してくる旅客機のアプローチは、とにかく近かった。バーベキューに沸く喧噪《けんそう》も、この時ばかりはかき消される。アプローチする機体は、最接近時には、瀬長《せなが》島《じま》から三〇〇メートルほどにまで近づく。ずらりと並んだ窓から、こちらを見ている顔が見えた。バーベキューを楽しんでいることは分かるだろう。斑尾は、見せつけるように缶ビールをあおった。

日差しは、照りつけるという表現では不十分だ。熱線と言ってもいい。ところが、沖縄《おきなわ》の夏は、東京と比べても過ごしやすい。海のおかげで、気温は決して高くないからだ。斑尾は、麦わら帽子のつばの下から、マリンブルーの海を見つめる。

「沖縄にいられる期間が延びたんだから、副官も悪くないね」

まだドタバタとした日々は続いているものの、周りを見渡す余裕くらいは出てきたし、仕事上のつきあいで呼ばれたバーベキューでも、それを楽しめる程度には、心理的に落ち着けるようになった。余裕で仕事を回せるようになりたいものだが、どこに配置されたとしても、それができるようになる頃《ころ》には異動時期となるのが自衛隊だった。斑尾は、ため息を吐《つ》いて、談笑するバーベキュー参加者を見回した。

そろそろ送別バーベキューもお開きだろう。昔の防災訓練のことを教えてくれた五高群司令の護国寺《ごこくじ》は、完全にへべれけだった。ろれつが回らず、視線もあてどなく彷徨《さまよ》っている。シメの乾杯は、とても無理だろう。早いうちに話を聞いて正解だった。

「さて、名残惜しいところではありますが、そろそろお開きにしたいと思います」

防衛班長の東二佐《あずまにさ》が閉会を告げ、護国寺に確認の声をかける。

「司令、シメちゃっていいですか？」

護国寺が「う〜い」と、了解したらしい声を上げると、東は、そのまま乾杯の音頭をとった。

乾杯後の騒ぎが落ち着くと、総務班の先任が、二度三度と手拍子を打って注目を集める。集まった視線を確認すると「撤収！」と号令をかけた。

自衛隊とシャバの宴会で、最も異なるのはこの時だろう。それまで、飲んで大騒ぎしていても、ひとたび撤収の指示が出ると、まるで争うようにして片付けが始まる。ゴミをゴミ袋に放《ほう》り込み、空き缶を集め、クーラーボックスの氷水を捨てる。そして、撤収作業の邪魔にしかならないＶＩＰは、それこそ追い立てられるようにして、帰路につかされる。

千鳥足の護国寺は、総務班長が送ってゆくようだ。

幹部とは言っても初級に過ぎない斑尾は、進んで手を動かした。五高群勤務の時に機動展開訓練で使っていた革手袋をはめ、まだ熱い鉄板を片付ける。

「副官勤務はどんなもんだ？」

片付け作業をしながら声をかけてきたのは、装備班の整備係長、吉岡一尉《よしおかいちい》だ。斑尾の特技が高射運用なので、高射整備の吉岡とは、さほど縁がない。しかし、共に四高群にいたことがあり、その頃から時折顔を合わせていたため、つきあいは長かった。五高群に来てからは、四高群出身者として顔を合わせれば話をしている。

「やっと慣れてきた感じです。それでも、毎日知らないことに出くわします。新鮮なのはいいですが、やっぱり疲れますね」

一口に自衛官といっても、配置によって仕事内容はそれこそ千差万別だ。必然的に、普段接しない面子《メンツ》が集まると、自分の仕事の自慢話、そして苦労話をすることになる。斑尾は、初度視察に随行したことや、P―3《パパ・スリー》にテレビクルーを搭乗させて溜飲《りゅういん》を下げた話、陸自の防災演習のことなどを話したものの、どうしてもぼやきが混じってしまう。

「やっぱり、楽な仕事じゃないよな」

「そうですね。でもまあ、大変なのは覚悟してましたから大丈夫です。対空戦闘の戦術から離れてしまったのは残念ですけど」

「四高群の時も、入れ込んでたな」

「ええ。こっちに来てからは指運隊ですから、なおさら楽しかったんですが……」

しかし、もう少し広い世界を勉強すると決心したのだ。陰気を振り払って問いかける。

「そちらは、どうですか？」

斑尾が尋ねると、吉岡は嘆息するように答えた。

「面白くないな」

吉岡の仕事を直接に見たことはない。それでも、組織のレベルが違うだけで、南西航空方面隊司令部の装備部と同じような仕事だということは想像が付く。モーニングレポート（MR《エムアール》）などで五高群からの報告も耳にしているから、どんな懸案に追われているかも、ある程度は分かる。

整備を担当する幕僚《ばくりょう》の仕事は、故障による整備に対応するだけではない。今後に予定されている能力向上のための改修計画の調整や不具合を是正するための措置など、多岐にわたる。F－15などの戦闘機と同じように、高射群が運用しているパトリオットも、たびたびアップデートがされている上、アメリカで使用されているものとは一部仕様が異なるため、形態管理と呼ばれる仕様の管理なども大変なのだ。

吉岡の配置は、現場と上級部隊の間に入り、中間管理職的に動く五高群本部の幕僚だ。大変であるとは思う。しかし、面白みのない仕事とは思えなかった。

「現場の方がいい、ということですか？」

斑尾の特技は運用だったが、現場では整備を手伝うこともある。整備の現場もなかなか面白いのだ。運用は、将棋《しょうぎ》や囲碁《いご》といった相手との知力勝負に似ている。片や、姿をひそめる故障原因という犯人を追いつめる整備作業は、必ず犯人がいる推理ゲームを解くようなものだ。

「いや、現場も現場で面白いんだが、そういうことじゃないんだ。先があるように思えないし、群本部だと、どうしても人が少なくてな」

「にぎやかな方が合ってますか？」

幹部に任官し、現場部隊をある程度経験すると、次は、その上級部隊での幕僚勤務となるケースが多い。斑尾の異動先も、どこかの高射群本部となる可能性が高かったのだ。吉岡の配置は、ごく一般的なものだ。それほどぼやくような配置ではないはずだった。

「いや、まあ〜、なんとなくだ」

吉岡は言葉を濁した。上司である装備班長と反りが合わず、睨《にら》まれでもしているのだろうか。装備班長の人となりは、よく知らない。吉岡がはっきりと言わない以上、斑尾には想像することしかできなかったし、追及すべきことでもなかった。

「私だって、本当にきつい時には、何もかも嫌になったりします。でも、お互い大変でしょうけど、頑張りましょう」

斑尾は発破を掛けるようにして会話を打ち切った。

吉岡の話は、どうでもよいようなグチだった。すぐに忘れてしまうような類《たぐ》いのものだ。

「そう言えば！」と思い出すことになるとは、この時は考えもしなかった。

＊

丁寧語で副官室に入ってくる者は多くない。ほとんどの幕僚は斑尾より上位階級だったし、曹士《そうし》で副官室に用があるのは、総務課の富野《とみの》三曹《さんそう》など、かなり親しい隊員がほとんどだからだ。

「失礼します」

ある金曜日、副官室を訪れたのは、同じ司令部内で勤務していても、顔は見たことがある、という程度にしか接触がない調査課保全班の海老名《えびな》一曹だった。海老名は、守本《もりもと》と三和《みわ》の前を通り過ぎ、斑尾の前にやってきた。チェックしていた来月の予定表案から視線を上げる。

「副官、明日はよろしくお願いします」

そう言って、書類を差し出してきた。書類と言っても、パソコンで作成したというだけで、内容はメモ書きのようなものだ。情報保全隊が実施する保全点検について書いてあった。

情報保全隊は、陸海空の自衛官を集めた統合部隊の一つで、正式名称は自衛隊情報保全隊という。防諜《ぼうちょう》活動、つまり外部への情報の流出を防ぐための部隊だ。沖縄エリアは、熊《くま》本《もと》の健軍駐屯地《けんぐんちゅうとんち》に所在している西部情報保全隊が担任している。

現在、その西部情報保全隊が、巡回で南西航空方面隊司令部の点検に来ているのだ。今日は、各部課の点検が行われている。そして、ＶＩＰ三名の部屋と副官室の点検を、明日の土曜に実施することになっていた。

斑尾は、さっと書類に目を通した。内容は時程《じてい》と注意事項だ。朝八時から開始し、昼には終わる予定になっている。対応するのは斑尾一人だけ。

「ＶＩＰの部屋を開けて頂いたら、副官はこちらで待機をお願いします。呼ばれない限り、近づかないようにとのことです」

「本当に、開けるだけ？」

「はい。点検の様子を見られたくないそうです」

「なるほど」

本当に鍵《かぎ》を開けるだけで、何もすることはないらしい。ＶＩＰの部屋には秘文書など、保全を要する物品は置いていない。司令官を始めとしたＶＩＰの頭の中、つまり交わされる言葉こそが保全を要するものなのだ。防衛部の保全庫で行われている秘文書そのものや点検記録のチェックと異なり、ＶＩＰの部屋で行われる点検は、盗聴装置などの捜索なのだと聞いていた。どんな装置を使って点検するのか、照明のオンオフをするのかといったことを見られたくないらしい。週末に点検を実施するのも、VIPが不在の間というだけでなく、ノイズとなる電波が少ない時だからという理由もあるようだ。

「この部屋は？」

副官室も点検すると聞いていた。

「指示に従って下さい。ただ、一応点検範囲には入っていますが、以前の点検では、ちらっと見るだけだったそうです」

副官室も、保全を要するものは置いていない。あえて言うなら、VIPの行動予定が最も秘すべき情報だろう。しかし、警護上の秘すべき情報であるものの、翌日分の予定は各部課に知らせているし、もっと先の予定でも主要なものはMRで周知している。せいぜいが、正式に付ける秘区分にはあたらないが、扱いに気をつけなさいという意味で付ける〝取扱注意〟情報でしかない。しかし、疑問も湧《わ》く。

「それだけでいいんだ。小型のICレコーダーを隠して持ち込むくらいはできそうな気がするけど」

「重要な関係者が意図的に行う漏洩《ろうえい》を防ぐなんて不可能です。そういうポジションには、危ない人を配置しないことで漏洩防止を図ります。副官だって、配置前にチェックされているはずですよ」

「考えてみれば、そうだよね」

　自分のチェックが、どう行われていたのかには興味がある。しかし、斑尾が知り得る話ではないし、海老名も知らないのだろう。それこそ、点検に来ている情報保全隊の者でなければ分からない話だった。当然、聞いたところで教えてもらえるはずもない。

　斑尾は、頭を切り替えた。問題は、暇すぎる可能性があることだ。

「ＯＫ、楽な仕事だね。自分の仕事をしていていいんでしょ？」

　何もしてはいけないなどと言われれば、暇を潰《つぶ》す方法を考えなければならない。

「たぶん大丈夫なはずですが、それも指示に従って下さい。照明やパソコンの使用に関しては、指示があるかもしれません」

「文庫本でも持ってきた方が良さそうだね。それとも、スマホで映画でも見るか……」

　斑尾が冗談めかして言うと、海老名は真顔で肯《うなず》いた。

「その方がいいかもしれません。勤務にはしてないんですよね？」

「ええ」

　課業外や週末の部外行事に随行する時と同じだ。車を出す時は、車を動かすために勤務扱いとしているが、この程度の半日仕事は、いちいち出勤したことにはしていない。サービス残業と同じようなものだ。ただし、自衛隊には残業という概念自体が存在しないので、サービス残業も存在しない。勤務日数が規定を満たしさえすれば、時間的にいくら超過していても無関係だった。

明日の業務については理解した。斑尾は、ついでに情報収集する。

「ところで、防衛部の点検の方はどんな感じです？」

「ドタバタです」

海老名は苦笑して答えた。

「視点が違うので、意表を突いてきます。しっかり準備してたのに、『え、そんなものを簿冊《ぼさつ》と照らし合わせるの？』って思うようなこともあって、慌てて資料を出したりしてる状況です」

普段の身内でやる点検とは勝手が違うらしい。

「それがいいんでしょうね」

斑尾の感想に、海老名も肯いた。

「いい刺激になりますし、マンネリ防止にもなります。自分たちだけでは、何度やっても同じようなところしか見ませんから」

斑尾が防衛部の点検に首を突っ込むことはできないが、話を聞いておくだけでも有益だった。以前の指揮所運用隊での小隊長職でも、隊内や高射群内での保全点検を受けたことがあったし、今後の配置でも受けることになるだろう。点検を行う側で手が足りなければ、点検の補助要員として駆り出されることだってあるはずだ。

「では、失礼します」

海老名が帰ると、斑尾は、来月の予定表案に視線を戻した。

明日は、残念なことに点検の現場を見ることはできそうにない。それでも、話を聞くらいはできるかもしれない。斑尾は、副官になってから磨いてきた雑談スキルを活《い》かして、話しかけてみようと思った。

＊

翌日の土曜、斑尾は七時五十分に副官室と各ＶＩＰの部屋を開け、情報保全隊の到着を待った。着替えずに私服のままでも良いはずではあったが、相手は司令部内の顔見知りではない。一応迷彩服に着替えてある。

時間には正確なはずなので、仕事に手を付けることなく、見苦しいところがないか改めて見回していると、五十八分に海老名が案内してきた。驚いたことに三人しかいない。陸自の三佐が一人と陸曹、海曹一人ずつだ。二人の曹は、キャリーカートに大型のジュラルミンケースを載せたものを引いている。かなり重そうだ。絨毯《じゅうたん》が傷むということはないだろうが、車輪の跡は残るだろう。点検の終了後に消す必要がありそうだ。

「ご苦労様です。副官の斑尾です」

「西部情報保全隊の鷲尾《わしお》です。これからとりかかります。終了予定は十二時です。触れてマズイものがあれば言って下さい」

「特にありませんが、シーサーは陶器なので、気をつけて下さい。先に移動させた方がよろしければ、始める前に運び出します」

「いえ、普段のままで結構です。司令官室から順次実施します。こちらから呼ばない限り、近づかないで下さい」

「了解しました。左側奥から順に司令官室、副司令官室、幕僚長室です」

事前に聞いていた注意事項を口にすると、三人は司令官室に向かった。海老名は、「では、後はお願いします」と言って帰っていった。終了時に連絡する必要もないと言っていた。ただここに案内するためだけに出勤してきたようだ。

本当に何もすることはなさそうだった。斑尾は給湯室でコーヒーを淹《い》れ、パソコンを立ち上げると事務作業に勤《いそ》しんだ。声をかけてくる者がいないので、普段よりもよほどはかどる。

途中、ちらほらとトイレに行くためにVIPエリアを出て行く姿を見かけたが、声をかけられる雰囲気もない。鷲尾三佐には、「コーヒーでも淹れますか?」と提案したものの、不要だと言われてしまった。その他《ほか》に交わした言葉は、廊下の電灯スイッチ位置を尋ねられただけだった。雑談スキルを発揮する機会さえない。

各VIP室の点検は、ドアを閉めてから実施しているようで、副官室前から廊下を見ても、閉じられたドアが見えるだけだった。物音もほとんど聞こえない。中の様子は皆目分からなかった。廊下の電灯を点《つ》けたり消したりしていたので、電灯に連動した盗聴装置がないかチェックしていることは推測できたが、それ以上は点検内容を推し測る手段もなかった。

十一時四十五分過ぎに、三人がＶＩＰ室を出てくると、点検に使った装置は既にジュラルミンケースに仕舞われていた。装置を使って副官室を調べるつもりもなさそうだ。

「終了ですか？」

斑尾が問いかけると、鷲尾が副官室に入ってきた。

「ええ、こちらを拝見させてもらいます」

斑尾は、点検の邪魔にならないよう、廊下に出る。鷲尾だけが副官室に入ると、あちこち見回したものの、何かに手を伸ばすこともなく一分ほどで点検を終えた。本当に、〝目視点検を行った〟という事実が必要なだけのようだ。海老名に聞いていたので、意外ではあるが、驚きはない。確認のために問いかけた。

「もうＯＫですか？」

「ええ、もう結構です。休日対応ありがとうございました」

鷲尾は、二人の曹を引き連れ、帰っていった。午後は九空団の点検に行く予定だと海老名から聞いている。

斑尾は、副官室奥の物入れから掃除機を出した。掃除をすることもちろんだったが、キャリーカートの車輪跡を消すことも必要だった。点検中、掃除機を使った音は聞こえなかったが、情保隊が、何かで車輪跡を消そうとしていたらしく、大して手間はかからない。

斑尾からすれば助かったが、ここまで痕跡《こんせき》を残さない理由が、VIPへの配慮なのか、彼らの仕事を秘匿《ひとく》するためなのかを考えると、少々不気味に思えた。

＊

週明けの月曜、MRが終わると、斑尾は副官室前の廊下で来訪者を待っていた。そこに、海自の青い迷彩服を纏《まと》った一佐がやってくる。斑尾は、名札と階級章を確認して声をかけた。

「お疲れ様です」

「西部情報保全隊の諸橋《もろはし》です」

諸橋は今回の巡回保全点検の指揮官だ。点検全般の報告を行うということで、先週の時点で時間を押さえてあった。VIP室の表示ランプは、全《すべ》て『入室不可』にしてある。

「他の報告等は止めています。幕僚長からでよろしいですか？」

「ええ」と答えた諸橋は、直《す》ぐにも報告に向かいたそうな様子だった。

「後からどなたか入られますか？」

諸橋は、資料もノートパソコンも持たず、手ぶらだった。随行者もいない。土曜にやってきた鷲尾も、彼らのアテンドを任されている海老名も付いてきていなかった。後から誰《だれ》か来るのであれば、事前に聞いておく必要があった。

「私だけだが？」

諸橋は、不審な顔をしていた。

「失礼しました。では、どうぞ」

情報保全隊は、統合部隊であり、防衛大臣の直轄部隊だ。それに、諸橋自身も海上自衛官だ。多少、文化の違いはあるかもしれない。手ぶらでの報告は、斑尾からすると多少奇異にも見えたが、気にしないことにした。

諸橋の報告は、長引いていた。幕僚長の馬橋《まばし》のところでは予定していた二〇分、副司令官の目黒《めぐろ》のところでも二〇分と比較的長めの報告だった。そして、今入っている司令官、溝ノ口《みぞのくち》のところでは、予定の二〇分をとうに過ぎ、既に四〇分ほどが経過していた。先に報告が終わっている馬橋や目黒の下には、既に報告や決裁の幕僚を入れていた。

早めに終わることを見越して、迎えに来ていた海老名は、終了予定一〇分前から待機している。既に三〇分ほど待ちぼうけ状態だ。さすがに暇そうにしていた。

「長いですね。重大な指摘事項でもあったんでしょうか？」

「いえ、『概《おお》ね良好』だと聞いています。点検自体の報告はそれほどないはずです。別件かもしれません」

「別件の報告は、よくあることですか？」

「よくあるというか、それも兼ねて点検に来ています。内容は、我々にも秘密です。司令官等のＶＩＰにしか報告していないはずです」

「なるほど」

保全関係は、隊員にも秘匿されていることが多い。斑尾が、そういうものなのかと感心していると、「失礼します」という諸橋の声がかすかに聞こえた。やっと報告が終了したようだ。海老名と共に、副官室の前に出る。

「お疲れ様です」

斑尾が声をかけると、諸橋は恐縮した顔で「予定は大丈夫かな？」と尋ねてきた。

「問題ありません。重要なアポは入れておりませんでしたから」

重要な案件は、延長したり開始が遅れた場合でも支障が出ないよう、間隔を開けてスケジューリングしている。

諸橋は、安堵《あんど》した顔で肯くと、海老名と共に帰っていった。基地間を飛んでいる定期便で福岡《ふくおか》県の春日《かすが》基地に飛び、そこから車両で健軍駐屯地に帰るらしい。定期便の出発は午後なので、余裕もあるはずだ。

これで、保全点検絡みのイベントは、全て終了、のはずだった……。

＊

斑尾は、副官室を見回して一息吐いた。諸橋が帰ってから、VIP室への入室待ちで幕僚がひっきりなしに訪れ、今日一日、副官室は大繁盛だった。

VIPに報告、決裁が必要な事項は、その多くが秘に関《かか》わる。ところが、先週は保全点検が行われていた。その間、多くの幕僚が、秘に関わる仕事ができなかった。秘に該当しない範囲で仕事を行い、保全庫が使えるようになった今日になって、秘の範囲を埋めてから、報告や決裁に殺到したのだ。

お昼休みでさえ、順番を飛ばされてはなるものかと、待機していた者も多かった。十六時近くになり、やっとその待機列が途切れた。

「やっとお茶が出せますね」

村内《むらうち》の言葉に、すかさず三和が腰を上げた。先日の茶話会で、最下級者として、体を動かす仕事は、積極的にやりたいと言っていた。斑尾は、左手を上げ、三和に続こうとする村内と守本を制して立ち上がった。

「私が行ってくる」

お茶出しは、御用聞きでもある。報告者が続いた後は、ちょっとした用を命じられることも多いのだ。三和といっしょにお茶を淹れ、司令官室に向かう。

お茶請けは熊本の銘菓、〝誉《ほまれ》の陣太鼓《じんだいこ》〟だ。点検にやってきた西部情報保全隊のお土産《みやげ》だった。求肥《ぎゅうひ》が水ようかんのようなあんこでくるまれている。求肥は、もち米粉に水と砂糖を足して火にかけ、練ったものだ。冷やしても柔らかいため、誉の陣太鼓も冷やして食べるとおいしいお菓子と書いてあった。給湯室の冷蔵庫で冷やしてある。斑尾も、先にお相伴にあずかっていた。抑えた甘味とみずみずしさがお茶請けとして最高だった。

三和は副司令官室に向かっている。先にお茶出しを終えた方が、幕僚長室に向かうことになる。

「副官、入ります。お茶をお持ちしました」

「ありがとう。やっと一段落ついたか」

「はい。そのようです」

喉《のど》が渇いていたようだ。斑尾が茶托《ちゃたく》の上に湯飲みを置くと、溝ノ口はすぐさま手を伸ばした。茶托の横に、菓子皿に誉の陣太鼓と付属の紙ナイフを載せて置いた。

「情保隊の土産だな？」

「はい。紙製のパッケージごとナイフで切って食べるんだそうです」

「知っている。健軍からの土産は、大抵これだ」

溝ノ口は、そう言って手を伸ばした。お茶を出し、これと言って命じられることがなければ、長居は無用だった。斑尾が、目礼して下がろうとすると「副官」と呼び止められた。

少し驚いた。呼び止め方が珍しい。普段は、命令事項があれば、いちいち役職で呼び止めることなどしない。命令がそのまま告げられる。何か、言い出しにくい話があるように思えた。

「はい。何か？」

斑尾が答えると、溝ノ口は、思案顔で尋ねてきた。

「五高群本部の吉岡一尉を知っているか？」

「はい。整備係長です」

「あ〜、聞き方がまずかったか」

溝ノ口は、そう言うと、腕組みをして問い直してきた。

「個人的に知り合いか？」

何故《なぜ》そんなことを問うのだろう。斑尾は、疑問に思いつつも答える。

「特技が運用と整備なので、業務上のつきあいはそれほどありません。ただ、私も吉岡一尉も五高群に来る前は四高群でした。別の高射隊だったので、当時は顔と名前を知っているという程度でしたが、こちらに来てからは、会った時に、思い出話をする、という程度には知り合いです。先日も、五高群関係者の送別バーベキューに呼ばれたので、お会いしました」

　溝ノ口は、そう言ったきり、腕組みをしたままうつむいた。続きがありそうなので、姿勢を正して言葉を待つと、溝ノ口が静かに言った。

「あまり付き合わない方がいい」

「え？」

　何故、突然にそんなことを言われたのか理解できない。斑尾は、理由を求めて思考を走らせる。今日の報告に、五高群が関係する重要なものはなかったはずだ。五高群司令から電話もかかってきてはいない。関係があるとすれば、情報保全隊の諸橋一佐だろうか。

「情保隊からの情報ですか？」

　斑尾が問いかけると、自分で言い出したにもかかわらず、溝ノ口は渋い顔をして言った。

「他で言うなよ」

　情報保全隊は、外部からの情報奪取や隊員のミスによる漏洩だけでなく、自衛隊員自身が、自分の意思で漏洩を図ることも警戒している。斑尾に限らず、ほとんどの自衛官も、具体的な方法は知らされていないが、それを任務としていることだけは知っている。

　保全に関わる隊員以外が、そうした活動に関わることは基本的にない。唯一、そうしたことに関係していると承知しているものは、毎年書かされている心情調書だ。所属している外部の団体や交友関係を自己申告で書く。この心情調書、意味がないという者もいる。


「そうか」

ヤバイ内容を自分で書くはずなどないからだ。

しかし、ここに書かれなかった交流は、ヤバイという推測もできる。斑尾は、基礎資料として必要なのだろうと思っていた。

「もちろん言いません。言えるような話でもありませんし……」

「そうだな」

諸橋が、VIPだけに報告した情報だ。本来、斑尾が聞いて良い情報ではないのかもしれない。口になどできはしない。しかし、今まで吉岡と話していても、危険な人物と感じたことはなかった。

「聞かせて頂けるのであれば……でいいのですが、吉岡一尉の何が危険視されているのでしょうか。今まで話していた中で、危険な方と思ったことはありませんでした」

斑尾が問いかけると、溝ノ口は腕組みしたまま、口を開く。

「情保隊が活動を注視している仏教系の宗教団体、黎峰会《れいほうかい》という団体と接触があるようだ」

「黎峰会……聞いたことのない名前です。仏教系ですか？」

お坊さんと危険な団体というのが、イメージとして結びつかない。

「仏教と言っても、いろいろあるようだ。あれを仏教と言うかどうかも問題だろうが、アウム真理教も分類すれば仏教系だろう」

「そう言われてみれば、確かに……」

「近畿《きんき》圏に信者が多いらしい、施設も近畿、中京地区に集中しているということだった。四高群所属時に関わるようになったのかもしれないな。沖縄には関連団体がないらしい。それもあって、五高群配置になったようだ。経過観察ということだろう。群本部勤務なら、部下も少ないはずじゃないか？」

確かにそうだ。整備係長の下には、空曹が一人か、せいぜい二人いるだけだったと思う。

「それが不満だったんでしょうか。思い返してみれば、現状に不満があるようなことを言っていました」

「そうか。職務に不満があるだけならいいんだがな……」

詳細を聞くことのできない話だ。溝ノ口も、それ以上話す気がなさそうに見えたので、斑尾は「失礼します」と言って、司令官室を辞した。

予想外に重い話を聞かされた。斑尾のことを思って教えてくれたのだろうが、正直に言えば聞きたくなかった。斑尾は、大きく息を吐いた。肺の中に沈殿した何かを吐き出したかった。

＊

三日ほど経過した木曜日の昼食時、斑尾は、いつものように昼食を掻《か》き込むと、幹部食堂にあるＶＩＰ専用出入り口の外で溝ノ口を待っていた。その他の幹部の出入り口は一〇メートルほど離れている。すぐ近くまで帽子かけが連なっているため、斑尾の近くまでやってくる者も多い。この日、その中の一人に吉岡がいた。

「斑尾二尉、今度副官について教えてもらえないかな？」

突然声をかけられ、思わず身構えた。

「副官についてですか？　何を知りたいんでしょう？」

斑尾からすれば、突拍子もないことに思えた。

「次の幹部申告を書く時に、副官配置を希望しようかと思ってる。それで、業務内容とかを聞かせてもらえないかと思ったんだ」

「なるほど。そういうことでしたか。次の異動となると方面は遅すぎですね。メジャーコマンドか幕長副官のサブ……あたりでしょうか……」

吉岡は、防大出身で斑尾の二期上だ。斑尾や同期の梶《かじ》ヶ谷《や》が方面隊司令官の副官に就いている。吉岡の次の異動となると、もう少し上の司令官に付く副官を狙《ねら》うことになる。それでも少し遅いくらいのはずだ。航空総隊司令官や補給本部長、それに三佐と一尉くらいの二人の副官が付くらしい航空幕僚長の副官でないと無理だろう。斑尾にとっては希望外だったが、選考時にライバルがいたように、キャリアのステップとして狙う者もいる。

「そうだな。特技的には補本《ほほん》がベストだけど、開発実験集団や教育集団、支援集団でもいい」

　しかし、これはまずかった。溝ノ口に聞いた話を踏まえれば、希望したところで吉岡が副官になれる目はない。おまけに、それを吉岡に告げることもできない。溝ノ口の警告を考えれば、近寄りたくはなかったが、諦《あきら》めさせた方が良さそうだった。

「それでしたら、明日の夜はいかがですか？」

　ここで立ち話でできる話ではない。そろそろ溝ノ口も食事を終えるだろう。明日の夜なら空いていた。自粛すべしとの通達は解除されていたが、まだ以前よりも会合は少ない。明日が金曜なことも幸いした。金曜はプライベートを優先する傾向があり、他の平日よりも会合は少なかった。

「明日なら大丈夫だ」

　吉岡の携帯番号を聞き、奢《おご》ってくれるというので、場所は〝ゆんた〟を推しておく。行きつけの居食屋だと言うと、もっと気の利いた店でも良いと言われた。しかし、気が引けた。良い話はできないのだ。何とか諦めさせたい。溝ノ口は、あまり付き合わない方がいいと言っていたが、同じ高射群に二度在籍した先輩だ。無下にはできないし、話をするなという意味ではない。その宗教に関わらなければ良いのだ。

　問題は、どうやって説得するかだ。食堂からの帰り道、斑尾は、溝ノ口と目黒の背中を見ながら思案した。

＊

建て付けの悪いドアを開け、斑尾は静かな店内に入った。まだ客はいない。十九時前では当然だ。沖縄では、宵《よい》の口もいいところだった。

「今日は早いね」

厨房《ちゅうぼう》から唯《ゆい》が顔を覗《のぞ》かせた。

「仕事がなかったし、ちょっと人と飲む約束があるから」

斑尾は、そう言ってテーブル席に向かう。

「へえ、珍しいね」

〃ゆんた〃には、大抵の場合、一人で食事のために来ている。普段はカウンターなのだ。斑尾は「まあね」と答えて一番奥の席に腰掛けた。秘密の話ではないものの、あまり他の人には聞かれたくない。

「もしかして、溝ノ口さん？」

唯は、おしぼりとお通しを置きながら尋ねてきた。斑尾は、慌てて首を振る。

「まさか！　それに、今日は休肝日だって言ってたよ」

斑尾としても、吉岡と話しているところを溝ノ口に見られたくない。緊急事態に備えるという建前もあるため、副官として溝ノ口の予定は把握していた。

「でも、職場の人でしょ。どうする？　先に飲んでる？」

仕事以外の友人は唯くらいしかいない。唯には、完璧《かんぺき》に把握されていた。

「生《なま》だけもらおうかな。約束は十九時だけど、遅れるかもしれないから」

整備にも緊急の仕事はある。扱う器材によっては、むしろ整備の方が緊急の仕事が多いことも珍しくない。

パトリオットもそうだ。高出力でありながら、車載されたレーダーは無理にコンパクト化されている。そのせいか故障も多い。米軍の場合は一個高射隊に二個のレーダーを置いている。日本は一個だけだ。故障すれば、何としても修復しなければならない。

そして、高射群は、隷下《れいか》に高射隊を四個もかかえている。吉岡は、その高射群本部の整備係長だ。「レーダーがアウトです」という報告を聞く確率も四倍になる。しかも、高射群の整理統合が予定されているので、将来的には高射隊がさらに増え、故障に悩まされる可能性も更に増えることになる。約束の時間に遅れずに来るとは限らない。ただ待っていても仕方がないのだ。しかし、飲み過ぎには要注意だった。難しい話をしなければならない。

斑尾が、生ビールをなめていると、案の定、それでも一五分ほどの遅れで吉岡がやってきた。

「いや、悪い」

「大丈夫です。頂いてますから」

斑尾は、そう言って〝ゆんた〟のお勧めを紹介した。古都子《ことこ》は、三線《さんしん》だけでなく、料理の腕も相当なものだ。

最初に持ってきてもらったオリオンの生で乾杯し、改めて古巣の様子を聞く。とは言っても、斑尾が五高群を出てまださほど経《た》っていない。大きく変わっているはずもない。唯につまみを注文し、そうそうに本題を切り出した。

「どうして副官配置を希望されているんですか？」

まずは情報収集からだ。どこの副官を狙っているかは聞いていたが、動機を聞いておきたかった。単に副官勤務の実態を教えるだけではダメだ。話しながら、心変わりするように誘導しなければならない。叶《かな》うはずのない異動希望を出して、結果的に希望外の異動先に行かされるようなことになって欲しくなかった。

「昨日は時間がなかったから詳しく話さなかったけど、そもそも副官配置を希望すると言っても、必ずしも直ぐにってわけじゃないんだ」

「え？　次の異動で狙っているんじゃないんですか？」

意外だった。斑尾自身は希望していないからかもしれないが、もし一度は必ず副官に就かなければならないと言われれば、なるべく早い方がいい。後になればなるほど、付くことになるＶＩＰの階級や格が上がり、それに比例して気疲れ度合いも上昇する。

「もちろん、次でも構わないが、その後くらいでもいい」

「でも……私も詳しくはないんですが、次の次となると、もう空幕長や統幕長の副官しか可能性がないと思いますよ」

期別管理されているので、次の次の異動では、メジャーコマンドの副官でも遅すぎるはずだった。

「それでもいい。もちろんポストが少ないから、可能性が低いのも分かってる」

「それは、分かりましたが……どうしてなんですか？　さすがに幕長副官となると希望する人はあまりいないと聞いたことがありますが……」

吉岡は、口を真一文字に結んで難しい顔をすると、腕を組んで言った。

「理由は二つある」

斑尾は、無言で次の言葉を待った。

「一つは、指揮官職をやる時に、なるべくなら四高群に戻りたい」

次の次でもいいと言った理由は理解できた。防大出身で、既に高射隊の整備小隊長を経験している吉岡が、次に指揮官職をやるとしたら、どこかの編制単位部隊、高射群なら高射隊長や整備補給隊長だ。それには、次の異動では早すぎる。

しかし、斑尾の心に引っかかる言葉があった。

『四高群に戻りたい』

その言葉の真意が、どこにあるのかが問題だ。

「出身は、中京圏なんですか？」

地元に戻りたいと希望することは、よくあることだ。

「近いと言えば近い。徳島《とくしま》なんだ」

「珍しいですね」

斑尾が驚いて言うと、吉岡は、ふっと笑った。

「防大出身だぞ。俺《おれ》もショックだったんだ」

斑尾は、思わず声を上げそうになった。四国出身の空自隊員は多くない。空自基地の存在しない空自空白県はいくつもあるが、四国は高知《こうち》の土佐清水《とさしみず》市に土佐清水分屯《ぶんとん》基地が一つあるのみで、香川《かがわ》、愛媛《えひめ》そして徳島にも空自基地がない。その上、土佐清水分屯基地も、通信中継を行う土佐清水通信隊がいるのみで、勤務する隊員数も非常に少ない。そのため、四国出身者が自衛隊に入る際は、陸自か海自を希望することが多いのだ。

しかし、防大生は、自分で陸自、海自、空自を選ぶことができない。もちろん、希望は聞かれるが、組織の都合で割り振られる。吉岡も、陸自か海自を希望していたのかもしれない。

『希望は希望』

自衛隊では、よく耳にするフレーズだ。希望はあくまで希望であって、叶えられるとは限らない。極めてマイナスなニュアンスで語られる言葉だった。

四国には基地が一つしかないせいで、四国出身の空自幹部は、隊長に補職される時に、土佐清水分屯基地を希望するケースが多い。そのくせ、希望外なのに土佐清水の隊長になる者もいるという。

「そうだったんですか。でも……」

斑尾は、呟《つぶや》きながら考えた。徳島出身であることが、必ずしも四高群勤務を希望することに繋《つな》がらない。距離は近くとも、中京圏から徳島に移動するには結構時間がかかる。羽《は》田《だ》から徳島阿《あ》波《わ》おどり空港に飛んだ方が、時間的には早く着くくらいだ。

「言いたいことは分かる。何も地元に戻りたいから四高群を希望しているわけじゃない。あのあたりならいいんだ。レーダーサイトだって構わないし、指揮官職じゃないが、奈《な》良《ら》幹《かん》の教官だって構わない。まあ、奈良幹は次でも行けるだろうけどな」

高射特技でも、レーダーサイトの隊長に補職されることがある。奈良の幹部候補生学校の教官には、特技に関係なく補職される。

吉岡の言葉におかしな点はない。しかし、斑尾の心の中では警報が鳴り響いていた。

『あのあたりならいいんだ』

奈良まで含めて『あのあたり』と表現するということは、中京・近畿圏ということだ。それは、溝ノ口から聞いた例の宗教の信者や施設が集中している地域だった。しかも、そこで指揮官職をやりたいと言う。

副官を終えた後は、異動先希望を叶えてもらえるケースが多い。それを狙っているということなのだろうが、悪い予感しかしなかった。こんな希望を聞かされたら、希望を叶えるどころか、指揮官配置NGにされかねないようにも思えた。

斑尾は『あのあたり』を希望する理由を尋ねることが怖かった。ちょうどいいタイミングで、唯が料理を持ってきてくれた。昆布をだしとして使うのではなく、直接美味《おい》しく食べる料理であるクーブイリチーとゴーヤチャンプルーだ。〝ゆんた〟が初の吉岡は、しごく一般的な沖縄料理を注文していた。

「旨《うま》いな」

「でしょ！」

箸《はし》を付けた吉岡が、予想外のうまさに驚いたことを利用して話題を切り替える。

「もう一つの理由って何ですか？」

吉岡は、口を引き結ぶとリラックスしていた表情を改める。

「CSに受かるかどうかは分からないが、やはり幹部自衛官である以上、上を目指したいと思ってる」

CSは、目黒《めぐろ》にある幹部学校に設けられている指揮幕僚課程というコースだ。Command and Staff Courseを略してCSと呼ばれている。ちなみに、陸自ではCGS

（Command and General Staff Course）と英語名だけが微妙に異なる。海自は同じだ。陸海空とも、ここを修了しないと基本的に将官になることはできない。高級幹部になるための登竜門と言えた。斑尾はまだだが、吉岡はそろそろ受験時期のはずだった。

「そのためには、見識を広めることが必要だ。高射にいると、航空機関係のことを学ぶ機会はどうしても少ない。次が方面の幕僚ならいいが、次が補給処だと、整備には強くなっても航空機関係を学べるかは疑問だ」

「異動の第一希望は方面の幕僚ですか？」

吉岡は「ああ」と答えて肯いた。方面隊司令部の整備部希望ということだ。異動先としては至極普通だし、吉岡の言う通り、イヤでも航空機関係のことを学ばざるを得なくなる。

そして、高射群を経験した高射整備特技の幹部が、次に配置されるもう一つの異動先候補は補給処だ。

「整備の方は、よく分からないんですが、補給処というと四補《よんぽ》ですよね？」

吉岡は、あきれたような顔を見せた。

「他はありえないだろ」

第四補給処、略して四補は、高射全般と航空機を含む弾薬を主に扱っている。確か、第一補給処が廃止されて、事務機器などの一般的な物品も扱っていたはずだ。

「四補の中はさっぱりなんですが、航空機用弾薬とか他の物に関わることはないんですか?」

「基本的にはないはずだ。俺の場合、特技が高射整備だから、四補に配置になっても、整備部か資材計画部のペトリ班か基地防空班配置になるはずだ。班で分かれてしまうと、どうしても他の班のことを知るのは難しい。下手をしたら部屋も違うかもしれない。方面だと他特技といっしょだろ?」

「そうですね。整備課で一つの島です。確か、航空機と高射の担当は机が向かい合ってたと思います」

　斑尾の答えを聞いて吉岡が肯いた。

「そんな距離だと、トラブルがあれば、お互いに手伝いをしなきゃならない。必然的に航空機関係の勉強もできる」

　吉岡の答えには納得できた。

「そうすると、第一希望は方面隊の司令部で、四補に行くよりは、副官がいいってことでしょうか?」

「それがいいんじゃないかと思ってる……んだが、副官については話を聞ける人が少ない。だから教えて欲しいってことなんだ」

　確かに、副官経験者は絶対数が少ない。五高群には、一人もいないかもしれない。

「なるほど」

斑尾は、あいづちを打って間を作り、作戦を考える。海老名は、副官などの重要ポジションには、危険な人物を配置しないよう事前にチェックが入ると言っていた。情報保全隊の要注意人物リストに入っているとなれば、希望したところで副官配置は不可能なはずだ。無意味な異動先の希望を出せば、希望外のところに行かされる可能性が高まる。幹部申告に書く異動先候補は第三まで。ただでさえ、その三つしか書けない希望が叶うとは限らない。それなのに、その一つにチェックで排除されることが確実なものを書いてしまえば、希望外に配置される可能性は、より高くなる。その場合、運良く第四になるかもしれないし、絶対に嫌だと思っているところに行かされてしまうかもしれない。

曲がりなりにも関連特技の先輩だ。不本意な処遇は受けて欲しくない。副官を諦めさせるか、さもなくば副官には吉岡が考えているようなメリットがないと思わせなければならなかった。しかし、メリットがないというのは、どう考えても無理だ。見識を広めるという点で、副官ほど適したポジションはないだろう。考えてみれば、バーベキューの時に、あれこれ苦労話をしてしまったことが、吉岡と飲むことになった切っ掛けなのかもしれなかった。

その一方で、デメリットもある。確実にある。それは告げておくことができた。

「確かに、高射以外のことを知ることができるという点ではいいですね。高射なんて、航空自衛隊では傍流《ぼうりゅう》ですから、いやでも主流の話ばかりに触れることになります。でも、副官の仕事自体は、傍流どころか雑事ですよ。うっかり副官の仕事をお茶出しだと言って怒られたことがありますけど、実際の所、やっている仕事はスケジューリングと調整がほとんどなんです。その過程で、いろいろと知らなければならないから、見識を広げなければならないし、教えてもらえるんですが、やっている仕事自体は雑事ばかりです。思わずため息を漏らしてしまうことなんて、毎日です」

これは本音だった。溝ノ口を始めとしたＶＩＰはもちろん、部下である守本たち副官付にも、ため息を聞かせることはできない。お茶を淹れるちょっとの間を過ごす給湯室とトイレだけが、斑尾にとって、ため息を吐けるリラックス場所なのだ。

「雑事か……、しかし幕僚の仕事だって、雑事と言えば雑事だけどな。幕僚仕事なんて、文書を書く以外は調整ばっかりだ」

この話は、吉岡にさほどショックを与えなかったようだ。違う方向から攻めなければならない。

「それに、私はまだＣＳに向けた勉強なんて始めてませんから関係ないし分からないですけど、副官配置になっている間は、勉強なんてできないですよ」

あちこちの基地で、ＣＳ受験者を対象にした勉強会が行われているという話を聞いたことがある。基地単位だったり職種単位だったりと、パターンはいろいろらしいが、ＣＳを経験した先輩が、課業外に教えてくれるらしい。直接教えてもらう内容ももちろんだったし、申し送られる度に増補される資料が貴重らしい。当然ながら、CSに向けた参考書など売っていないのだ。

コロナの影響で課業外に随行しなければならない仕事は少なくなっていたが、日常が戻りつつある。影響が強かった時でも、外せない会合はあった。

それに、日中はバタバタしているせいで、会合がない日も、残って仕事をしなければならないことは多い。勉強会に参加することは難しい。資料を譲ってもらい、自分一人で勉強するのがせいぜいになる。

「忙しいというのは聞いている。確かに、勉強ができないのは痛いな……」

少しは、効果があったようだ。斑尾は追撃の言葉でたたみかけた。

「後は……そうですね、副官に就くとしても、その後に指揮官職に就きたいなら、まだ早いんじゃないでしょうか。副官の期間は、一年間が標準だそうです。次の異動で副官になった場合、副官を終えてもまだ隊長になるには早すぎるんじゃないですか？」

斑尾がそう言うと、吉岡は渋い顔を見せた。

「一年しかないとなると、確かに、ちょっと早いな……」

そう言ってビールを口にする。メリットとデメリットを秤《はかり》に掛けているのだろう。斑尾も、ゴーヤを口に放り込むと、オリオンの生を飲む。ゴーヤの苦みが、ビールの中ではさっぱり気味のオリオンとよく合った。なめらかになった舌で、とどめを刺しに行く。

「それに、次の次に副官を希望するとしたら、やっぱりもったいないんじゃないですか？幹部申告って、空幕の人事に自分の希望を見てもらえる貴重な機会ですよね。希望者は少ないかもしれませんけど、幕長副官とかは異動時期にポストが空くかどうかも分からないですよね？」

吉岡は覚悟していると言っていたが、次の次となると、本当に可能性は低いはずだ。

「まあ……な。でも、得がたい経験もできそうだ」

吉岡は、そう言ってジョッキを空けると斑尾をドキッとさせた。

「しかし、ずいぶんと副官を落とすんだな。どうしてだ？」

考え直して欲しいという思惑を勘ぐられたのかもしれない。そこまで気が付いていないにしても、不審に思われたのかもしれない。

「落とすつもりじゃありませんけど、私自身希望して副官になったわけじゃないので、デメリットはよく見えるんです」

これは、ナイスな言い訳ではなかろうか。口にした言葉は否定せず、斑尾がデメリットを語る理由にも違和感を抱かれることはないはずだ。

「まあ、確かにそうか。やりたくない仕事の粗《あら》は、よく目に付くよな」

「そうですよ！」

斑尾は、そう言ってオリオンのジョッキをあおった。ちょっと、調子に乗りすぎたかもしれない。反省して、身につけつつある雑談スキルを行使した。古巣の話題なら事欠かない。指運隊の整備に関する話題なら、すぐに吉岡を引き込むことができた。

二人で飲むのだからということで開けた神泉《しんせん》のボトルは八割方空けてしまった。那覇《なは》の南、与座岳《よざだけ》分屯基地の近くにある上原《うえはら》酒造という会社で作られている泡盛《あわもり》だ。飲みやすい上に二日酔いし難《にく》いと言われている。

自衛官は飲み始めるのが早いので、二人がすっかり出来上がる頃になると、店内もそこそこ賑《にぎ》わってきた。まだ空席はあるものの、五分ほど前に来た客は、唯が満席だと断っていた。混みすぎないように七割ほどの客入りで満席としていると言っていた。

店のためにも、そろそろ引き上げた方がいいなと思っていると、吉岡がバッグの中から冊子を取り出して、言った。

「斑尾二尉、副官配置だと土日も忙しいだろうが、これを読んでみてくれないか？」

「何ですか、これ？」

斑尾は、もしや勧誘なのではと思いながら手を伸ばす。厚さ三ミリ程の薄い冊子だ。しかし、表紙には、アニメ風の可愛《かわい》らしい女の子のキャラクターが描かれている。タイトルは『危機はすぐそこに！』。裏も同じような絵だ。流通している本だと書かれている番号のようなものは見当たらない。

「同人誌ってやつですか？」

「まあ、似たようなものかな」

吉岡にそういう趣味があるとは知らなかった。パラパラとページをめくると、マンガやイラストのページが多いが、一部には文字だけのページもある。その中の一文に目が留まった。

『このままでは侵略され、日本は滅ぶ！』

その文の周辺にサッと目を走らせる。自衛官として国防に関する話にはそれなりに触れている。そうした冊子なのかとも思ったものの、文字を追うごとに頭の中に湧き上がってくるのは違和感だった。具体性が乏しいのだ。特に脅威の具体性がなく、むしろ日本人の精神にある内在的な問題を描いている。マンガのページも、同じような内容のようだ。斑尾は、首筋におぞましいものが這《は》い上がってくるような気がした。

ゲーマーの延長で自衛隊に入った斑尾は、政治的には基本的にノンポリだ。中道ということではなく、政治にそれほど興味がなかった。もちろん、入隊してから〝毒〟されているので、今ではそれなりに保守になっている。それでも、他の幹部自衛官と比べれば、政治に興味が薄いことは確かだった。

この冊子は非常に精神的なものだった。即物的であるとも言えた。その即物的目線で見ると、

『例の宗教、黎峰会とか言う団体の冊子だ！』

斑尾は、心の中で叫んだ。引きつりそうな頰《ほお》を意識的に固定して平静を装う。冊子を閉じてテーブルの上に置いた。突き返したいと思ったものの、サッと目を通しただけで返すのも変だ。ことさら興味がなさそうな風を装って、グラスを手にする。

「読書キューに入れておきますが、『翼《つばさ》』も『鵬友《ほうゆう》』も積読《つんどく》なので、処理されるのは先になるかもしれません」

パトリオットは、運用思想からしてデジタル化されているので、運用に関わる用語はコンピュータ関連の言葉がそのまま使われていたりする。キュー(queue)は日本語では待ち行列と呼ばれる。物事を処理する順番のことだ。読まないと宣言したようなものだった。

「まあ、気になったら開いてみてくれたらいいさ」

気まずい雰囲気が流れる。それからほどなくして、お開きとなった。

「ごちそうさまでした」

路地は、薄暗い街灯が照らすだけだ。斑尾の特借《とっかり》は、〝ゆんた〟前に延びる路地の奥なので、ここで別れることにする。

「今日は、ありがとう。異動希望に副官を書くかどうかは考えてみるよ。どうも、デメリットの方が多そうだけどな」

「そうですね。副官を希望するなら、もっと早い方がよかったでしょうね。その場合も、次に指揮官職というのは、ちょっと難しいですけど」

斑尾は、そう言って幹線道路の方に歩いてゆく吉岡を見送った。角を回って姿が見えなくなると、手の中にある冊子を見つめた。

「どうしたもんだろ……」

酔いはすっかり覚めてしまっていた。

＊

特借になっているアパートの入口ドアを閉め、斑尾は盛大にため息を吐く。自室に入ったことで、張り詰めた気をやっと緩めることができた。一応持って出た財布とスマホをパソコンデスクの上に放り投げ、ベッドに横になると渡された冊子をめくる。

まずは状況の確認が大切だ。飲みながらめくってみた程度では、勘違いの可能性もある。薄い冊子なので背表紙に文字はない。表紙はタイトルのみ。裏表紙をじっくり見ても出版社名などは見当たらない。同人誌でも、サークル名とか何か書いてありそうなものだ。裏表紙をめくってみても奥付はなかった。本当に、冊子としか言えない代物だったが、製本は素人がやったものには見えなかった。印刷所で印刷したのなら、ある程度の部数を刷っているはずだ。

表に戻って、最初のページからチェックし直す。明らかに〝宗教〟だと言える部分はない。しかし、『危機が迫っている。このままだと危険』というメッセージがそこかしこに見えた。宗教というよりは、右翼系の政治活動用冊子にも見える。

だからこそ、情報保全隊が危険視しているのかもしれない。政治的思想のない宗教なら、入れ込んだとしても、目を付ける必要はない。入れ込みすぎて、生活が成り立たなくなるようなら問題だが、それは別の問題だった。

「どうしたもんだろ」

冊子を閉じて考える。これが勧誘の第一歩であることは間違いない。溝ノ口から聞かされた話を考えれば、自衛官としての正解は、溝ノ口に報告することだ。〝適切〟に処理してくれるだろう。

この程度に対して、どんな処置が執られるのか知らなかったが、少なくとも、次の異動は、副官どころか閑職になる可能性が高いように思えた。

「それはイヤだな」

天井を見つめながら呟いた。知り合いではあるものの、何としてでも守ってやりたいと思うほどの知り合いではない。それでも、報告は、仲間を〝売る〟行為のような気がしてやりきれない。とは言え、放置すれば、他でも勧誘するかもしれない。冊子をばらまいたり、声をかけるだけなら迷惑なだけで済む。勧誘された隊員が、はまってしまうとマズイのだ。勧誘された者まで、自衛官としてのキャリアに傷が付くことになる。

仰向《あおむ》けになったまま視線を横に向ける。壁に掛けた時計は、十時十二分を示していた。

常識的には電話するには少し遅い時間だ。それでも、独り者が寝ている時間でもない。斑尾は、体を起こすと、ベッドに腰掛けたまま、スマホを手に取って電話をかけた。呼び出し音が五回鳴っても繋がらない。掛け直した方がいいかと考えた瞬間に繋がった。

「はいはい？」

ふざけた応答が、くぐもった音で響いた。

「もしもし、斑尾だけど、今いい？」

「いいよ。風呂《ふろ》に入ってるけど、スピーカーにしたから」

答えの合間に水音が響いてきた。

「ちょっと相談があるのよ」

「人生相談かな？　任せなさい。人生経験だったら豊富だよ」

「同い年だろ……」

反応するのは途中で止《や》めた。下らない冗談に反応すれば反応するほど、無駄話をすることになる。とても、そんな気分ではなかった。

「いや、濃密な人生を送っているから、それだけ経験豊富ってことだよ」

「それなら、似たような体験もしてるでしょ。ヤバイ宗教にはまっている知り合いの自衛官に勧誘されたら、どうしたらいいと思う？　報告する？」

戯言《たわごと》を逆手にとって本題を切り出した。スマホから響いてくるのは水音だけ。言葉は数秒後になって返ってきた。

「俺も知ってる人？」

さすがに真面目《まじめ》な声になっている。少し不安げだ。

「たぶん知らないと思う。少し先輩だし、高射整備だけど群はかぶってない」

「そうか。じゃあ、これ以上は聞かない方がいいな」

声は真面目なままだったが、不安は混じっていなかった。

「選択肢は、〝報告する〟と〝黙っている〟だけなのか？」

梶ヶ谷に問われて改めて考える。報告すれば吉岡のキャリアを潰すことになるだろう。もちろん、既にマークされている以上、斑尾が報告しなくてもとうに傷は付いている。それでも、これ以上はまずいように思えた。自衛隊内で勧誘しているとなれば、確実に目を付けられる。自分の報告が決め手になってしまうのは嫌だった。その一方で、黙っていれば他の隊員に影響が及びかねない。どちらも避ける方法はある。うまくやれるとは思えないだけだ。

「できるかどうか分からないけど、説得することはできるかもしれない。ただ、ヤバイ宗教って認識しているってことがバレないようにしないと……」

スマホからは、しばらくノイズだけが流れていた。ややあって響いた声は、トーンが低められている。

「認識をバレないようにしないと……ってことは、単にヤバそうだって思っているだけじゃないだろ。俺に電話してくるってことは、今の配置だから知り得た情報ってことか？」

梶ヶ谷は、同期で同特技の幹部自衛官というだけではない。同じ配置、北部航空方面隊司令官の副官でもある。できれば、深い情報を告げずに相談したかったが、話しても構わなかった。だからこそ、このあまり波長の合わない男に電話したのだ。

「まあ、そうね。詳しくは話せないけど。どうもマークされているらしい。報告したら、ダメ押しになっちゃうかも」

「マークされているって……そうか。来週、うちにも来るよ」

情報保全隊のチェックは、全国で同時期に行われている。斑尾は答えなかった。無言が肯定になる。梶ヶ谷は、また無言で考え込んでいた。ザバッと水をかく音が聞こえる。顔にお湯でもかけたのだろうか。

「そもそも、斑尾は、どうしたいんだ？」

「自衛官としては、報告することが正解だってことは分かってる。でも、それはしたくない。黙っていることはできるけど、それじゃ何も変わらない。それに、他にも勧誘したらって考えると怖い。説得ができれば、それが一番だと思ってる」

またもや沈黙が訪れる。電話だと相手の顔が見えない。次に聞こえてきた言葉は、意外だった。

「そんなにウエットだと思わなかった。優しいんだな」

「どういう意味？」

斑尾が少し険のある声で問いかけると、梶ヶ谷は「う〜ん」と唸《うな》った。そして、まるで分析結果を報告するかのように言った。

「斑尾の中では、第一の選択肢が説得、第二が無視、第三が報告なわけだろ。それって、評価の指標が、どれだけ相手に対して親切かってことだ。で、正解が報告なのが分かっているのに、一番対極にある説得をしていいのか迷ってる」

「できるかどうか分からないし、説得する過程で、組織として警戒していることがバレたらマズイってのもあるよ」

そう答えたものの、梶ヶ谷の言っていることが正しいようにも思えた。

「でも、当たってるんじゃないか？」

「……そうかも」

返す言葉は、力ないものになってしまった。またしてもバシャッと水音が響き、妙に力強い言葉が返ってくる。

「選択肢を評価する指標として、相手への親切度じゃなく、組織への貢献度で考えれば、報告、説得、無視になると思う。状況によっては、説得、報告、無視かもしれない。そう考えれば次善の策なんだし、説得してみてもいいんじゃないか？　説得できなかったとしても、マイナスにはならないだろ。俺なら報告すると思うけど」

　そう言われれば、説得してみても良いような気がしてきた。しかし、懸念は残っている。

「でも、警戒していることがバレるのはマズイでしょ」

「どんな風に誘われたの？」

「冊子をもらった」

「どんなの？　いかにもヤバイ？」

「いや、それほどじゃない。表現はかなりマイルド」

「それだと確かに難しいかもしれないけど、でも宗教関係の冊子を渡すってだけでも、普通に考えたらヤバイ人だろ。冊子を渡すなんて止めた方がいいよとでも言えばいいんじゃない？」

「そうか。先に知ってたから尚《なお》のことヤバイと思ったけど、冊子を渡すだけでも、普通だったらヤバイと感じるよね。その線で言えばいいか……」

「そうそう。ただ、どこまでマークされている人か知らないけど、そんな接触でも、自分自身にも疑いの目が向けられるかもしれないってことは、認識しておいた方がいいと思うぞ。そのためにも、俺だったら報告しちゃう」

「あ……」

　自分がマーク対象になることは考えていなかった。しかし、マーク対象に接触するということで、疑いの目を向けられる可能性は確かにあるはずだ。

「そうだね……でも、自分のために報告するってのは、なおさらやりきれない。よくそんなに平気で切り捨てられるな」

斑尾が非難を込めると、梶ヶ谷は、すっかり普段の調子に戻って答えた。

「まあ、誰なのか聞いてないしな。俺だって実際に知っている人のことを報告することになったら躊躇《ちゅうちょ》したさ」

「似たようなケースでもあったの？」

「宗教じゃないけどな。マルチ商法。以前から噂《うわさ》のある隊員だった」

飄々《ひょうひょう》としながら、そんな経験をしていたとは初耳だった。部隊内でのマルチ商法、いわゆるねずみ講は時折耳にする。人間関係が濃密なせいで、入り込むとやっかいだ。

「気になってる？」

「当時は気になったよ。でも、マルチじゃ同情の余地はないし、振り切った。どうしようもないことってのは、どうしたってある。宗教なんてなおさらだ。最終的には、その人次第なんだ。できることだけすれば十分だろ」

「そうだね。ありがと。悪いね風呂に入っている時に。ゆっくり浸《つ》かって」

「冗談じゃない。もう茹《ゆ》だるよ」

激しい水音が響いた。長風呂をさせてしまったらしい。斑尾は、電話を切ると、またベッドに横になる。仰向けに転がって、天井を見つめた。

「説得するだけでもやってみるか。ダメ元だ」

宗教を止めさせるなんて無理だろう。部内での勧誘を止めてくれたら、それで十分だった。それに、報告するのはいつでもできるはずだ。

＊

ちょうど一週間後、斑尾は、今度は自分が奢るからと言って吉岡を〝ゆんた〟に呼び出した。今日もテーブル席だ。ただし、それほど飲むつもりはない。ビールに合うように、唯の得意な戦後沖縄の料理を頼んだ。運ばれてきた鉄板には、ビーフステーキとカーリーフライが載せられている。カーリーフライは、らせん状になったフライドポテトだ。カレー味の意味ではない。味付けはいろいろ。

斑尾は、そのカーリーフライをつまむと、ケチャップではなく、ステーキソースを付けて頬張った。ひとしきり、パトリオット用の新型ミサイルＰＡＣ－３ＭＳＥの五高群への配備について話をした後、本題を切り出す。

「先週頂いた冊子を読んでみたんですよ」

「お、どう思った？」

やはり、五高群の話題と比べて、目の輝きが違った。しかし、吉岡を喜ばせることはできない。斑尾は、テーブルの上に乗りだし、声をひそめて言った。

「あれって、何かの宗教ですか？　ヤバくないですか？」

明らかな宗教的表現はなかった。意図的にそうしているのだろう。それでも書いている人物の思想信条は滲《にじ》み出ている。それに、斑尾は黎峰会のホームページも確認している。似ている表現が何カ所も見られた。

「多少そういう感じはするかもしれないな。でも、ヤバイものじゃないぞ。反戦じゃないし、日本の将来を心配しているだけだ」

吉岡は、宗教であることを否定しなかった。その上で、保守的であることを強調してくるが、思想が保守的であれば良いというものではない。誰の命令を聞くのか。もっと端的に言えば、忠誠心を向ける先が、日本政府なのか、宗教なのかが問題だった。

「でも、これ今の日本は間違っているって内容ですよね。もちろん、今の政府だって人間が動かしているんですから、やっていることの全てが正しいなんてことはないと思いますが、民主主義も否定してませんか？」

「国民が間違えば、間違ったことをしてしまうのは、当然だろ？」

「それはそうですけど、みんなで考えることで間違う可能性を低くしようというのが民主主義ですよね。それを否定して、間違うことのない存在、なんでしたっけ、『無謬《むびゅう》の存在』に導かれるべきというのは自衛官として問題じゃないですか？」

斑尾にとって、説得というのは論理的に行うものだった。しかし、宗教にはまっている人間を論理で説得することは難しい。それは、分かっていた。それでも、他の説得方法なんて知らなかった。だから、見込み薄とは思いつつも論理的に説得を試みる。

軽く飲みながら、時折別の話題に脱線しつつ、一時間近く話した。しかし、予想したとおり、吉岡が考えを改めそうな様子はなかった。そもそも、一度飲みながら話した程度で考えが変わるなら、新興宗教にはまってしまった家族を救うために苦労する人などいないだろう。これ以上は、まともな議論で説得するのは無理だった。斑尾は、あらかじめ決めていた言葉を口にする。

「吉岡さん、幹部自衛官として上を目指したい、CSにも行きたいって言ってたじゃないですか。それなら、やっぱり怪しまれるような活動をやっちゃいけないと思います。何をどこまでやったらダメなのか分かりませんが、少しでも怪しまれるようなことはしない方がいいです！」

斑尾は、そう言って先週渡された冊子をテーブルに置き、吉岡の方に押し出す。

「これはお返しします。こういうのを配るのは止めた方がいいと思います。私は言うつもりありませんけど、報告されたら、それこそ将来の目がなくなりますよ」

さすがに、ここまで言うと吉岡は押し黙った。ややあって「そうだな」と言って冊子をバッグにしまう。

「良かった。分かって頂けて」

斑尾は、ほっと息を吐いて言った。グラスに残っていたビールをあおり、喉にまとわりついていた苦みを洗い流す。すっかり気まずくなってしまった。吉岡の口が重くなってしまったため、斑尾が一方的にしゃべっている。

「また飲みましょう」と声をかけてお開きにした。先日と同じように、店の前で別れる。闇《やみ》の中に消えてゆく後姿を見送りながら独りごちた。

「何とかなった……のかな？　あとは本人次第……か」

この一週間、喉の奥につかえていた小骨が取れた気分だった。しかし、その小骨が、後になって更なる悪さをするとは、この時には思ってもみなかった。

第二章　副官と指揮所演習（CPX）

建て付けの良くないドアをくぐると、かつおだしと煮込まれた食材の混然一体となった香りが鼻腔《びこう》をくすぐる。沖縄は、鰹節《かつおぶし》の消費量日本一だ。全国的に鰹節の代用でしかないかつお風調味料が使われ、その風味は好まれていても、必ずしも本物が使われていない。手のかかる本物の鰹節を大量に消費している事実は、沖縄県民の鰹節好きを証明していた。ワクチンの接種が進んだおかげで〝ゆんた〟も以前の賑《にぎ》わいを取り戻しつつある。小さな店に、居食屋らしい雑然とした音が響いていた。

「いらっしゃい」

斑尾がカウンターの端に腰掛けると、唯がおしぼりとともに、冷たいお茶を出してくれた。ジャスミンの香りが漂ってくる。斑尾が、冷たいさんぴん茶で喉《のど》を潤すと、唯と目が合った。

「少し疲れ気味？」

確かに、少々疲れていた。

「ここのところ、ドタバタしててね」

「そうなんだ。じゃあ、しっかり食べないとね。今日は、マース煮があるよ」

「じゃあ、それで」

最近は、「じゃあ、それで」のお任せ定食が多い。マース煮は、沖縄で作られた塩、島マースを使った白身魚の煮込み料理だ。味付けは塩と泡盛《あわもり》だけ。いたってシンプルな家庭の味。疲れた体に、あまりこってりしたものは食べたくなかった。ちょうど良い。古都子がさっそく盛り付けてくれる。

「はい。エーグァーのマース煮よ」

「大きい！」

斑尾が感嘆の声を上げると、唯が腰に手を当てて言った。

「その分、ご飯は少なめにしておいたよ。もっと食べられそうなら、お代わりしてね」

大きめの平皿から頭と尾がはみ出している。エーグァーは、アイゴのことだ。磯臭《いそくさ》さがあり、人により好みが分かれる。もちろん、斑尾は大好きだった。それを覚えているから勧めてくれたのだろう。プリッとした歯ごたえも美味だ。臭みを消すためかレモンを入れてある。

「ところで、エーグァーって、毒があるんじゃなかったっけ？」

どこかで聞いた気がした。

「ひれに毒針があるんだよ。釣りに行って刺される、というか自分でひれを触って痛い目にあっている人がいるね。これはひれごと切ってあるから大丈夫」

当然ながら、処理してあったようだ。

斑尾が、なんとか巨大なマース煮を平らげると、唯がさんぴん茶を注《つ》いでくれる。

「これで栄養補給はできたでしょ」

「そうだね。ごちそうさまでした。後はゆっくり休息できるといいんだけどねぇ」

「ドタバタしているって言ってたっけ」

「うん……まあ」

斑尾が言葉を濁すと、厨房《ちゅうぼう》の奥から顔を出した古都子が、唯に言った。

「言いにくいこともあるんだから、あんまり聞いちゃダメよ」

「あ、ゴメン」

斑尾が苦笑しながら「大丈夫」と告げると、古都子が事も無げに言った。

「秋は演習の季節だからねぇ。自衛隊さんは忙しいのよぅ」

斑尾が言わなくとも、分かっているようだ。

「最近は、みんな気をつけてるみたいだけど、昔は、結構おおらかだったからねぇ。大きな行事は、分かっているよぅ」

古都子は、にこりと笑って言った。日米共同の演習が増え、昔と比べると、年間のスケジュールは流動的になっているらしい。それでも、やはり秋は演習の季節だった。

悪天候の中で実働演習を行うことは難しい。天候によるスケジュール変更を少なくするために、全国的に良い天候に恵まれる秋に、演習をスケジュールしていた。

「演習って、飛行機がたくさん飛ぶんでしょ。他《ほか》の基地からも来るの？」

唯の問いかけに、斑尾は首を振った。演習であっても、人が動けば、基地周辺には波及効果が及ぶ。唯が期待するのは当然だった。しかし、後で気落ちしないよう、釘《くぎ》を刺しておかなければならない。

「残念ながら、飛行機も人も来ないよ」

演習は演習でも、今斑尾の疲労の元になっているのは、実働演習ではないのだ。実働演習も予定されている。しかし、その前に指揮所演習が行われる。関係するのは、ほとんどが南西航空方面隊の司令部だけ。これがなかなかに大変なのだ。しかし、それを唯に告げることはできない。

「なぁんだ」

唯は残念を通り越して、不満顔だった。

「こっちは、大変なのよ」

斑尾は、盛大に嘆息した。

＊

〝ゆんた〟から特借《とっかり》の自室に戻り、バッグから資料を取り出す。資料の右上には「取扱注意」とゴム印が押されていた。

ベッドに寝転び、資料をめくる。間近に迫った指揮所演習の資料だった。指揮所演習は、通常ＣＰＸと呼ばれている。Command Post Exercise の略だ。指揮所演習という呼び名自体、ＣＰＸの直訳だった。旧軍では図上演習と呼ばれていた。海上自衛隊では、今でも図上演習、略して図演という呼び名が主流らしい。

演習の資料といっても、秘匿を必要とする内容は載っていない。時程《じてい》やら、参加区分といった、演習を実施するために必要な事項がまとめられたものだ。

秘に該当する内容は、先日も行われた報告会で聞いていた。溝ノ口、そして斑尾が参加する演習報告会としては二回目のものだ。一回目は、溝ノ口の着任直後、演習の大枠を説明し、承認を得るために行われた。そして、先日行われた二回目の報告会は、細部を説明し、演習に備えるためのものだった。

実働演習は部隊のための演習だ。それに対して、指揮所演習は司令部のための演習。斑尾は、実働演習には何度も参加しているものの、当然ながら指揮所演習は初めてだった。司令部に異動する前の五高群指揮所運用隊では、ＣＰＸの支援だけは行っていたが、当時は何をやっているのかよく分かっていなかった。

CPXは、部隊で体験した演習とは何もかもが異なり、イメージし難《にく》いこともあって、困惑することだらけだった。頭の中でクエスチョンマークが乱舞した報告会を思い出す。

ブリーファーは、防衛課の栗原三佐《くりはらさんさ》だ。顔は年相応なのに、頭髪だけはもう定年かと思うような白髪頭。演台に立った時にも、識別し易《やす》かった。

「今回のCPXでは、近年の情勢を踏まえ、グレー段階から本格事態の入口付近までを演練の範囲と致します」

演習日程は三日間しかない。普通なら想定される事態の全行程を演練《えんれん》することは無理がある。仕方のないことだったが、斑尾には少し残念だった。ゲーム好きが高じて、〝戦術〟への興味から自衛隊に入った斑尾としては、航空方面隊司令部の戦略・戦術判断を見たいと思っていたからだ。本格事態の入口で終わってしまえば、それほど戦術判断を必要とするとは思えなかった。

それに、演習中は、副官としての仕事はあまりないと言われていた。司令部の戦術判断を見る良い機会だと思っていたのに、期待外れだった。

ちなみに、演練とは、実戦的な訓練や反復練習を意味する。自衛隊では、どちらの意味でもよく使われる言葉だ。

「また、重点は指揮活動そのものに置き、司令部の体制検証などは実施しません。そのため、〝状況〟は、原則課業時間内とし、昼食時も中断となる予定です」

栗原の言葉は、斑尾にとって意味不明だった。司令部の演習では、幕僚《ばくりょう》が二十四時間戦えますか状態で、終盤になると幽鬼のようになってしまうと聞いていた。たぶん、そうした演習にはしないという意味なのだろう。

副官は、どの部にも所属しておらず、斑尾の席は、司令官の後方壁際に設けられている。当然、周りにこっそりと質問することのできる相手はいなかった。

「統裁官は、副司令官となっております。そのため、演習状況内では副司令官は不在です」

これは、最初の報告会で検討課題とされ、その後に溝ノ口が命じたものだった。誰《だれ》が統裁官を務めるかによって、副官室の動きも大きく変わる。準備に手慣れている村内は「早く決めて欲しいですね」と言っていた。

防災訓練では、地震や津波による被害を事前に定めておき、それを報告が上がってきそうなタイミングで〝状況〟として付与すれば、演練ができる。

しかし、ＣＰＸには敵が必要だ。そして、我《われ》の行動次第で、敵の動きも変わる。演習の狙《ねら》いに合わせながら、敵の動きを〝状況〟として、プレーヤー、つまり演習参加者に提示しなければならない。それを行うのが統裁部だ。美《ちゅ》ら島《しま》レスキューは、状況付与部がコントロールしていたが、演習の統裁部は、より難しいコントロールをしなければならない。その統裁部の長である統裁官は、プレーヤーのトップである司令官よりも難しい役所《やくどころ》だった。

そのため、司令官自身が統裁官となり、演習〝状況〟内では副司令官が司令官役を代行したり、司令官が統裁官をやりながら、演習〝状況〟下でも司令官をやるという一人二役をこなすケースなどがあるそうだ。

副官室にとって、誰が統裁官となり、誰がプレーヤーとして指揮を執るのかは、とても重要だった。演習中の動きが、全く変わってくるからだ。

今回の演習では、司令部活動に基づき、司令官である溝ノ口が下した決定に沿って、現示される〝状況〟も柔軟に変更して演習をやることになっている。そのため、南西空の現状を熟知している副司令官の目黒が、専属で統裁官を務めることにしたそうだ。

斑尾には、演習がどんなふうに進むのか想像できていなかったが、かなり厳しい〝状況〟が示されるのだろうと予想はしていた。最初から決められている〝状況〟を提示するだけなら、厳しい〝状況〟を設定することは難しいはずだ。柔軟に、ギリギリの線となる〝状況〟が提示されるのだろう。

「想定する〝状況〟は、尖閣諸島《せんかくしょとう》の領有権を主張するZ国が、周辺での航空活動を活発化させ、軍事行動に及ぶ可能性があるというものです」

栗原は、地図を表示しながら説明していた。日本政府が仮想敵を明確にしていないため、自衛隊の演習でも、実在の国を相手に演練することはない。しかし、仮想のＺ国が、実際には中国であることは、全《すべ》ての司令部員にとって暗黙の共通理解だった。大体において、地図なしに演習などできるはずもない。地図上では、Ｚ国は中国そのものだった。さすがに栗原やその他の防衛課員が間違えるところは聞いていない。しかし、防衛課以外の司令部員は、たびたび中国と言い間違えていた。

「航空状況の現示は、航空総隊指揮システム、及び連接しているＪＡＤＧＥ（Japan Aerospace Defense Ground Environment）システム上で行います。我が方の航空活動及びＺ国の航空活動現示は、防管群《ぼうかんぐん》に支援させます。海上、及び陸上での部隊活動は、統裁部が示します」

演習は、空自が使用する二つの指揮・統制システム上で進行するという。総隊指揮システムが部隊の現況を管理する指揮系システム、ＪＡＤＧＥが各航跡の管理を行い、航空機などに指示を与える統制系のシステムだった。

画面上で航空機のシンボルが動くだけなので、実際に航空機が飛ぶことはない。台風が来ていても、晴天を想定して訓練することができる。画面内で動く航空機は、南西航空警戒管制団隷下《れいか》の南西防空管制群、防管群と略される部隊が動かすことになる。防管群は、形式的には統裁部の一部ということになるそうだ。

指揮所演習は、SOCで行われる。SOCは、Sector Operation Centerを略したものだ。航空方面隊の戦闘指揮所であり、爆弾が直撃しても機能が維持できるほど地中深くにあるため、戦闘機の爆音であっても内部に響いてくることはない。外界から閉ざされた世界だ。

防管群が支援してくれるので、システムの画面上では、本当の有事と変わらない〝状況〟が示される。CPXは、究極のリアルウォーゲームなのだった。それだけに、斑尾には今回の演習想定が残念だった。

栗原は、演習開始時の細かい〝状況〟も報告したが、基本的に、平時の状態だという。ただし、米軍は完全に傍観となるらしい。国際政治状況で、アメリカの動きには相当の幅が考えられる。アフガンからも撤退したくらいだ。当てにできないことも考えられた。

斑尾が面白いと思ったのは、Z国による尖閣での活動が激化する政治的背景が、全く示されていないことだった。リアルさという点では違和感があったが、南西航空方面隊は、防衛行動を行うことはあっても政治的な動きをとることはない。必要がないため想定されていないようだ。

「以上が、指揮所演習の概要です。ご指導があればお願い致します」

説明が終わり、栗原は溝ノ口に問いかけた。大枠は最初の報告会で了承を受けているので、大きな指導があるはずはない。細かな部分も、栗原や防衛課長の難波《なんば》二佐が何度も指導受けをしている。

「内容については特にない。CPX参加者は、現行の法解釈ではなく、統裁部から示されるROEを準拠として行動を考えてもらいたい」

溝ノ口の言葉は、栗原に対してというよりも、司令部員への訓示だった。この報告会自体、実際には説明会なのだった。

斑尾は、資料を閉じて立ち上がると、冷蔵庫に向かった。オリオンの缶ビールを取り出して開ける。

斑尾としても、報告という体裁で一通りの説明を受けたわけだが、なにぶんCPXは初めてだ。イメージができないため、不安が大きい。副官としての仕事が少ないことも、不安の背景になっていた。やるべき仕事が多く、ドタバタしていれば、不安も紛れる。

「明日でいろいろと分かるかも……」

CPXに向けた総務課の打ち合わせに呼ばれていた。質問することもできるかもしれなかった。

＊

会議室には、コの字型に机が並べられていた。既にほとんどの総務課員が集まり、着席している。斑尾は、下座に座る富野三曹の隣に腰掛けた。

「副官は、もっと前に行った方がいいですよ」

「でも、ほら。オブザーバーだから」

階級だけを考慮するなら、当然、斑尾はもっと前に座らなければならない。しかし、総務課内の打ち合わせだ。本来なら、この場にいることがおかしい。あくまで、オブザーバーなのだった。

「そうですけど。結構関係すると思いますよ」

CPXは、司令部員全員が参加する演習とは言え、CPXでの主役は、大抵の場合、防衛部や装備部だったらしい。今回、総務課が集まって会議まで行うのは、最初の報告会で、溝ノ口が発した指導事項があったからだ。

溝ノ口は、グレー段階が現示されるため、記者会見の演練を行うようにと指導していた。政府や防衛省として、中央での記者会見が行われるだろうが、現地司令部としても、会見を行わなければならなくなる可能性を考慮し、演練するようにと命じたのだ。

会見は、基本的に司令官である溝ノ口が行うという。しかし、会見内容を検討し、場を整えるのは総務課、担当は渉外広報班長である水畑《みずはた》になる。そして、溝ノ口自身が記者会見を行うなら、斑尾も関《かか》わらざるを得ないのだ。それが、斑尾がこの場に呼ばれた理由だった。

斑尾が会議室を見回すと、妙な点に気が付いた。上座は、総務課長である西口《にしぐち》の席のはずだったが、椅子《いす》が二つ並べられているのだ。担当幕僚である水畑は、斑尾たちの横、最も上座に近い位置に座っている。

「課長の他に、誰か来るの？」

「部長です」

富野が、さも当然のごとく答えた。

「総務課の会議じゃなかった？　人事課や厚生課も入るの？」

〝状況〟内で死傷者が出れば、人事や厚生も動かなければならない。記者会見するとなれば、関わってくるだろう。しかし、その割には、設けられた席は多くない。座っているのも、斑尾以外は全て総務課員だった。

「そうなんですけど……部長が、俺《おれ》も出るからなって言ったので仕方ないです。大総務課長ですから」

以前から、藍田《あいだ》一佐のことは、細かいところに口出しが多い部長だなと思っていたが、総務課員からすれば、当たり前になっているようだ。

「なるほど。大総務課長ね……」

上級者が下に口出ししすぎれば、船頭多くして何とやらになりかねない。基本的には戒められる話なのだが、藍田は、そういう人となりなのだろう。斑尾が、やれやれと呟《つぶや》いていると、総務課長の西口が藍田を案内するようにして入ってきた。

会議の内容からすると、仕切るのは水畑だろうと思っていた。しかし、口火を切ったのは部長の藍田だった。

「ＣＰＸにおいて、南西空として記者会見を行うように指導があったことは、みんな承知しているだろう。現実に行うかどうかは不明だが、やらなければならない場合、準備不足なことは間違いない。担当部課として、しっかり考えてもらいたい」

どうしたら良いだろうと会議を行うくらいだ。確かに準備不足なのだろう。それでも、最初から部長が出てくるのはどうかと思う。会議が活発になるとは思えなかった。藍田が言葉を切ったため、西口が後を引き取る。

「水畑一尉に叩《たた》き台を作ってもらった。これを基に、過不足を補うように意見を出してもらいたい」

やっと水畑が口を開くことになったが、担当幕僚というよりも、下っ端の作業員幕僚の雰囲気だった。

「最初に、航空自衛隊の現地司令部として記者会見しなければならない状況を予想してみました」

そう言って、水畑は記者会見を行うことが予想される事態を例示した。

「まず、領空侵犯の発生とそれに対する警告射撃が行われる場合、また、その前段階として領空侵犯が強く懸念される状況になれば、記者会見が必要になる可能性があります」

一九八七年には、ソ連軍機による沖縄本島上空での領空侵犯と、それに対して警告射撃を行った事例が発生している。当時も大きな事件となったが、こうした事件に対する世論の反応は、今の方が強いかもしれない。

「さらに、最近の中国機の活動を見ても、我《われ》の対領侵機に対する危険行動、例えば異常接近やロックオンしてくるといった事態も考えられます」

二〇〇一年に、中国の海南島《かいなんとう》から一一〇キロ離れた南シナ海で、中国軍機が米軍の偵察機に接近し、空中衝突する海南島事件が発生している。航空自衛隊が行う対領空侵犯措置では、常に安全を確保できるだけの距離を保っているが、中国では血気にはやったパイロットが、異様に機体を寄せてくることも考えられた。ロックオンしてくるとなれば、なおさらだ。

「機関砲での警告を含む射撃を受ける可能性は低いと思われますが、必ずしも撃墜を意図せず、我が方が回避可能な状況でミサイルを発射してくるという事態は予想しておく必要があります。撃墜を意図して射撃してくる場合は、明確な戦闘行為です。そうした場合も考えておかなければなりません」

水畑の提示のおかげで、演習が少しだけ想像できた。現実では、いきなり緊迫度が高まる場合もあるが、演習として行うのだから、演練効果を考慮して、これらが次々に発生することになるのだろう。徐々に緊迫度が高まるように計画されているに違いない。

「最終的に、演習状況がどこまで進むかは分かりませんが、本格的な戦闘の結果、沖縄本島、先島《さきしま》の有人島などにも被害が及ぶ危険性が出れば、それを国民、沖縄県民に知らせる必要も出てくる可能性があります」

水畑は、それぞれの場合に応じて、発表する目的と狙いとする効果、発表する内容、どのように発表するのかといったことをマトリクス形式で示し、意見を募っていた。

「これ、結構大変そうですね」

会議中に声をかけてきたのは、隣に座る富野だ。斑尾は、オブザーバーなので、基本的に口を開くことがない。富野も、階級的に口を開くことははばかられるのだろう。感想を告げる相手としてちょうど良かったのかもしれない。

「そうだね。発表資料は、一部でも防衛部が作ってくれたらいいだろうけど、多分無理だよね。かと言って、総務で作っても防衛部や上級部隊に確認してもらうことは必要だし、タイムリーに確認してもらえないと、発表にも支障が出そう。演習〝状況〟下だと、上級部隊の方は統裁部がやるんだろうから、遅れることはないと思うけど……」

斑尾は、防衛部と総務部の間で揉《も》めるかもしれないと思った。会議では、叩き台に対して意見が出され、水畑が修正の方向をコメントしていた。

例えば、領空侵犯が発生した際には、発生した地点や状況を発表し、我が国の主権を守るという観点で、南西航空方面隊がどのように対応したのかは明らかにする。しかし、相手がより危険な行為に出てきた時のバックアップとなる別編隊の動きについては伏せるといったものだ。

会議で検討するのは大枠だけ。実際の発表内容は演習〝状況〟下にならなければ検討できるはずもない。しかし、大枠を決めておくことが大切なのだろう。

「対領侵機の離陸時刻は発表内容に含めるべきだろう。県やマスコミが問い合わせてくるかもしれないぞ」

そう発言したのは藍田だ。

「対領侵機の離陸時刻を発表すれば、我《われ》の対処方針や能力をさらすことになります。現場空域への到着時間と照らし合わせることで、敵に情報を与えることになりますし、敵がそれ以外の離陸情報を得ていれば、別編隊の動きも把握しやすくなってしまいます。防衛サイドは、伏せるべきと言うのではないでしょうか」

水畑は、防衛部の見解を予想するという体《てい》で答えていたが、実質は、藍田への反論だった。今のうちに、この程度は詰めておかないと、演習状況の中では、会見の準備が間に合わなくなってしまうに違いない。演習〝状況〟下で細かな状況が分かってくれば、今以上に揉めるのは必至だった。この事前会議を一番に必要としているのは、水畑なのかもしれない。

斑尾は、演習が始まれば大変だろうと思いながらも、ただ会議を眺めていた。一通りの検討が終わり、西口が会議で出た意見をまとめる。意外に白熱、というか、藍田がかき回し、水畑や西口がそれに釘を打って回っていたので、活発な発言があったのは事実だった。なんだかんだで二時間近くも経過していた。斑尾が、やっと終わると息を吐《つ》いていると、突然西口から指名された。

「副官。何か意見はないかな？」

発言を求められるとは思っていなかったため、とっさに言葉が出てこない。

「司令官が、自身で会見をされると言うんだ。副官として何かあるだろう」

藍田に促されたものの、正直なところ、何も考えていなかった。会見の内容については、溝ノ口自身の見解をベースに、総務が考えるべきものだ。斑尾は、会見の状況を思い浮かべ、必死に考える。他国と衝突が起きれば、会見は注目の的だ。不安を抱えた国民は、一言も聞き漏らすまいと耳を澄ませ、発表者を見つめるだろう。

そこに考えが至った時にひらめいた。会見は、その内容だけが注目を集めるわけではない。発表者の顔色も読まれるはずだ。

「会見の時に、司令官が疲れていたり、不安な様子では、それを見た国民が安心できないと思います。そういった配慮もすべきかと思っておりました」

とっさの思いつきだが、副官らしい配慮のはずだ。演習なので、不安に駆られることはないだろうが、演習終盤になれば疲れが溜《た》まる可能性もある。そうならないように配慮すればいい。この一言を言っておけば十分だろうと思っていると、藍田は、斑尾の言葉を、少し違う意味で捉《とら》えたようだ。

「なるほど。化粧をする必要もあるかもしれないな」

斑尾は、思わず「え？」と漏らしてしまったものの、下座の端に座る斑尾の声は、幸い藍田の耳には届かなかったようだ。西口が同調し、あれよあれよという間に、必要に応じて化粧を行うことになってしまった。溝ノ口には、藍田が報告するという。

確かに、各国政府のスポークスマンなどは、男性でも化粧を行うこともあるようだ。しかし、軍事組織の指揮官が記者会見のために化粧を行うという話は聞いたことがなかった。行った人もいるのかもしれないが、斑尾は知らなかった。

「後で司令官に謝らないといけないかも……」

斑尾の呟きに答えたのは富野だ。

「変なことになっちゃいましたね。手伝いが必要なら言って下さい。男性、それも壮年男性の化粧なんてやったことありませんけど」

＊

司令官車がゲートを出て三三一号線に乗る。斑尾は、ほっとして体の緊張を解いた。そして、表だって謝罪することも変なので、車内で告げようと思っていた化粧の件で口を開こうとすると、後席に座る溝ノ口から問いかけられた。

「副官、CPXの記者会見で、化粧をするべきだと言ったそうじゃないか」

「いえ、会見を見た人が、司令官の疲れや表情から、不安を感じないようにすべきじゃないかと言っただけで、化粧というつもりではなかったのですが……そう取られてしまいました。申し訳ありません」

報告した藍田からは、「司令官に了承して頂いたぞ」と言われていた。会見の実施を指導した手前、承知せざるを得なかったのかもしれない。

「その言い方なら、化粧と取ってもおかしくないだろう。俺でもそう思ったかもしれないぞ」

「すみません」

斑尾は、もう一度謝った。

「仕方ない。実際、化粧が必要なこともあるかもしれないしな。今回は、副官に化粧されないように気をつけよう」

嫌がっていたが、怒ってはいないようだった。斑尾は胸をなで下ろす。

「ところで、会議の具合はどうだった」

会議については、藍田が報告していた。藍田の報告に不信を感じているわけではないだろう。会議の所感というか、記者会見の演練をしろという溝ノ口の指導が、どう捉えられているのか感想を聞きたいのだろうと思った。

「総務部長は、マスコミなど周囲の要望にできるだけ応じる方向で考えてらっしゃるようでしたが、他の方は、ある程度抑えるべきだと考えておられるようでした。防衛部の立場も考慮していたようです」

斑尾の回答に、溝ノ口は「そうか」とだけ答えた。斑尾は助手席にいるため、顔色が見えないが、何だか不満そうな口ぶりだった。しかし、それ以上問われることもない。

そうなると、斑尾から質問することもはばかられた。溝ノ口が何か考えているのならば、それを妨げるべきではなかったし、副官は、具体的に問う前に、司令官の要望を察するべきポジションなのだ。

結局、溝ノ口がそれ以上口を開くことはなく、斑尾は特借となっているマンションのエントランスで後姿を見送った。

車内に戻り、ハンドルを握る守本に声をかける。運転中の守本は、話しかけられない限り口を開くことはない。溝ノ口と斑尾が話をしていても、よほどのことがなければ、割って入るということはなかった。

「私の答えは、気に入らなかったのかな？」

「気に入らなかったというか、期待してたのとは別の答えだった……って感じじゃないですかね」

「そうだね。そんな感じだった」

「でも、まあ、気にする必要はないと思いますよ。別のことを聞きたいって切実に思ってたなら、聞き直したでしょうから」

「そうなんだけどね。私だけじゃなくて、総務も司令官の意図を理解してない可能性があるのかもしれないって思ったのよ」

「そうかもしれませんね。でも、それならそれで、明日にでも指導があるんじゃないですか？」

「それもそうだね」

斑尾は、そう言って頭を切り替えた。疑問や分からないことは、他にもいろいろとあるのだ。課題なのか否かも分からないことを、いつまでも思い悩んでいられない。

「戻ったら、防衛課に行くか」

独りごちて、赤く染まり始めた空を見つめた。

*

溝ノ口を特借に送り、掃除や明日のための準備が終わった後、調整や質問のために司令部内の各部課を訪れることはよくあることだ。行き先は偏っている。ＶＩＰへ報告される内容にも多寡があるし、斑尾が動けるこの時間になると、もう誰も残っていない部課もあるのだ。

その点、防衛部に用事があるときは気軽だった。たとえ夜間飛行訓練《ナイト》がなくとも、防衛部には誰かしら幕僚が残っていることが普通だった。ＣＰＸ前のこの時期、担当課である防衛課はなおさらだった。防衛部の部屋に入ると斑尾が探すまでもなく、栗原の見事なシルバーヘアーが目に飛び込んでくる。

彼の奥に座る防衛課長難波二佐とは目を合わせないようにしながら、防衛課の島に向かう。顔が怖いだけなのだが、なんとなく苦手だった。その点、栗原は話しかけやすかった。

「栗原三佐」

斑尾が話しかけると、栗原は「何だ？」と言ってパソコン画面から目を上げた。エクセルで線表を作っていたようだ。ＣＰＸの時程表かもしれない。

「演習関連の用語をまとめた資料とかないでしょうか。演習中止とか状況中止とか、似たような言葉がよく分からなくて……」

パウチされた資料でもあるんじゃないかと思っていたら、「お前なぁ」と言いながら、栗原は机の上にあった小山から辞書のようなものを手に取って差し出してきた。表紙はボロボロで、紐《ひも》で綴《と》じられている。部隊でも時折使っていた規則類の綴《つづ》りだ。規則は、頻繁に一部変更が行われる。そのたびに中身を差し替えるため、紐や専用のとじ具で留められていることが多い。

「大抵の定義類は、省令や達《たつ》に定められてる。適当に引き写した資料を見るんじゃなくて、ちゃんと原典の規則を見る癖を付けた方がいいぞ。変わることがあるってのもあるが、資料ってのは省略されていることも多い。まあ、幕僚経験がなければそんな癖がないのは当然かもしれないが」

「分かりました」

斑尾は礼を言いながら規則類綴りを受け取ったものの、内心では「あ〜」と大声を上げたい気分だった。どの規則を見ればよいのか分からなければ、必要な情報を探すのは大変なのだ。

「空自の演習達だ」

斑尾の困惑を察したのか、栗原がしぶしぶといった体で教えてくれた。用語を見たいだけだったので、その場で立ったまま綴りを開き、『航空自衛隊の演習の実施に関する達』を探す。省令でも達でも規則でも、言葉の定義は基本的に最初の方に載っている。すぐに見つかった。

演習、部隊等、演習参加部隊等という何故《なぜ》こんな用語まで定義されているのか分からない基本的な言葉に続き、演習らしい用語が定義されていた。

最初に載っていたのはさすがに斑尾でも知っている〝状況〟だ。それでも、正式な定義は初めて見た。〝演習を指導するために示す仮定の状態をいう〟と書かれている。自衛隊が出てくる映画を見て、一番がっくりとさせられる言葉だ。実際の戦闘を描いているはずなのに、指揮官役の役者が『状況終了』と言っているのを聞くと、一気に冷めてしまう。

斑尾がよく分からなかったのは、途中で中断する場合だった。定義を見るとはっきりした。

〝演習開始〟と〝演習終了〟は、最初と最後に一回しかない。その中で〝状況開始〟された以後は、〝状況中止〟と〝状況再興〟は何度でもありえた。〝状況終了〟になれば、後は〝演習終了〟になる。そして、途中で緊急事態が起こった場合は、〝演習中止〟となり、その段階で演習が終わるようだ。

感心しながら用語の意味を頭に叩き込むと、斑尾は、規則類綴りを栗原に返した。

「ありがとうございました。CPXだけじゃなく、図演もあるんですね」

定義の後には、演習の方式として指揮所演習の他に図上演習も載っていた。しかし、勤務の中で聞いたことはなかった。

「一応な」

そう言うと、栗原は規則類綴りを書類の山に重ねた。

「副官、部隊勤務中に、CPXに関わったことはなかったのか？」

「指運隊だったので、撃墜判定と被害判定だけやってました。ただ、当時は単なる作業としてやってただけで、正直な話、何をやっているのかよく分かってませんでした」

地対空ミサイルのパトリオットを運用する第五高射群の指揮所運用隊では、CPXの状況の中で、飛来する敵機やミサイルを迎撃し、その迎撃が成功したか否か、そして失敗すれば、どれだけの被害が出たのかをシミュレーションで算出し、報告していた。今になって考えれば、統裁部の下働きをしていたのだと理解できた。

「司令部で関わってみてどうだ？」

「始まってないので、よく分かりませんが、今回のCPXだと戦略・戦術要素が低そうなのが、ちょっと残念です」

そう素直に答えると、防衛島の最奥から、鋭い眼光とともに難波の怖い声が響いた。

「ゲームじゃないんだぞ」

斑尾は、息をのんで背を伸ばす。

「いえ、決してそんなつもりでは」

難波は、遊びのつもりという意味でゲームと言ったのだろう。しかし、ゲームの延長として自衛隊に入った斑尾は、入隊動機を指摘されたような気がしてどきっとした。

「CPXの意義を考えろ。副官の仕事をお茶くみだと言ったらしいが、そんな調子じゃ、本当にお茶くみしかできんぞ」

斑尾は、返す言葉に詰まってしまった。難波は、そのまま視線を落として自分の仕事に戻る。これ以上何か言うつもりはなさそうだ。それを見た栗原が、椅子ごと回して斑尾に向き直った。

「演習達にＣＰＸのことが書いてあっただろう。ＣＰＸってのは、司令部の指揮所活動や幕僚勤務について演練するもんだ。戦略・戦術に限れば、防衛部に偏重した訓練になってしまう。今回やる記者会見の主体は総務部だし、ＣＰＸは装備部や医務官室などの訓練でもある」

　栗原は、そこで言葉を切ったが、すぐに「それに」と続けた。

「司令部の訓練ってことは、指揮官である司令官の訓練じゃなく、幕僚の訓練ってことだ。司令官が正しい判断ができるよう情報を集め、分析し、それを基に下される決定を、正確に実行させるという司令部としての動きを演練する。計画が適切か検証するシミュレーションとしての演習もあるが、訓練として見た場合、極端に言えば勝ち負けだって関係ないんだ」

　栗原は、そう言うと視線を落とした。そして、息を吐くように呟く。

「とは言っても、見たこともなけりゃ分からないだろうな」

「多分、まだ理解できていないんだと思います」

　もちろん、言葉の意味は理解できる。しかし、正直なところ分かったような気がしているだけで、自分自身でも、本当に分かったとは思えなかった。

「まあ、副官もいずれは幕僚をやるだろう。その時のために、しっかりと見ておくんだな」

「はい。勉強させてもらうことにします」

＊

その後は、ドタバタしたままＣＰＸの準備が進められた。化粧については、九空団の副官付矢内《やない》士長にも相談したものの、壮年男性の化粧はお手上げだと言われてしまった。書籍でもネットでも、情報は多くなかったが、それらをかき集めて年齢が近い守本で練習した。若く見せたり、美しく見せる必要はないので、極端な言い方をすれば、目の周りだけ手を付ければなんとかなりそうだった。要は、目力を強くすればいいのだ。ただし、やりすぎは要注意だ。歌舞伎《かぶき》の隈《くまど》取りになってしまうことを学習した。

やるべきことはやったはず。それでも、ＣＰＸ初日の朝、斑尾は漠然とした不安をぬぐえずにいた。その不安を、未経験であるがゆえのものとして、頭を振って追い出す。

栗原からの準備完了の電話を受け、先に幕僚長の馬橋を送り出す。一分ほどの間隔を開け、溝ノ口に声をかけてＣＰＸを行うＳＯＣに向かった。統裁官となる副司令官の目黒は、早々に移動している。

さすがに、もう何度も訪れているため、ＳＯＣへの移動は大して気になることもない。

先導する必要もないため、溝ノ口の後方、やや左に付いて移動する。

溝ノ口は何やら楽しげだ。普通にしていても、心持ち口角が上がっているような気がした。

「ご機嫌な様子ですが、何か、良いことでもあったのでしょうか？」

ＳＯＣに向かう階段を下りながら問いかけた。

「ん？」

溝ノ口は、一瞬怪訝《けげん》そうな顔を見せたが、すぐに破顔して言う。

「何がって、ＣＰＸじゃないか。楽しいだろう」

「楽しいものですか？」

「ああ。各部課ともＣＰＸの準備は大変そうだったろう？」

「はい。副官室も、さほどではありませんがドタバタしていました」

溝ノ口は、笑みを浮かべながら肯《うなず》く。

「部下の努力の成果が見られる機会だ。指揮官としては楽しいものだ。副官も、似たような経験はあるだろう？」

「あ、はい。確かに」

巡回教導などは、「やるぞ！」と気合が入った。それと近いのかもしれない。斑尾の場合、楽しいと言える余裕はなかったが。

会話は、壁に反響して、独特の響きを帯びていた。地下なので、ほとんどの音が反射してしまうのだろう。その響きで、いよいよSOCに近づいてきたことが感覚として分かる。斑尾の中では、楽しみより緊張が勝った。

開け放たれたドアの内側から、「司令官入られます」という声に続き、幕僚が一斉に立ち上がる音が響いてきた。

白い床に白い壁、そして白い天井。まぶしいほどの灯《あか》りの下に、飛行服と迷彩服姿の幕僚が、それぞれの席で、直立不動で立っていた。慣れてはきたものの、それでも少しシュールな感じがする。溝ノ口は、最前列の中央に設けられている席に向かった。溝ノ口が席に着くと、幕僚も腰を下ろす。

斑尾は、SOC前方左側にあるVIP控室の入口脇《わき》に向かい、CPXの開始を待った。隣では、斑尾と同じくCPX初体験となる三和三曹が興味深そうにSOCを見回している。物珍しいのは斑尾と同じようだ。守本二曹と村内三曹は、既に何度か演習を見ているせいか、控室の奥でゆったりと構えていた。

全ての幕僚が席に着いたことを確認して、幕僚長の馬橋が宣言した。

「ただいまより、指揮所演習を開始します。状況開始は一〇分後を予期。状況内での日時はX日、同時刻」

CPXは開始されたが、まだ〝状況〟は始まっていない。馬橋の言葉を受け、壁際に立っていた統裁官の目黒が、『統裁部』と張り紙されたドアに入っていった。これから最終準備がされ、〝状況〟が始まるのだ。

〝状況〟が開始されると、日付はＸ日ということになるが、時刻は同じだ。

「なお、場所については設想《せっそう》運用課。運用課員以外は、各部課に所在しているものとして演練するように」

馬橋が追加の注意を出した。ＣＰＸでは、事前に開始時の状況として知らされているものの、徹底が必要だと思ったのだろう。ＣＰＸでは、平時から徐々に緊迫することを想定している。全員が既にＳＯＣにいたが、場所は運用課だという想定になっていた。ちなみに、設想という言葉も自衛隊用語だ。演習では頻繁に使われる。「○○については設想」と言われれば、実際には存在していなくとも○○があるものとして行動しなければならない。

斑尾は、静かに溝ノ口の様子を見つめる。隣に座る馬橋と話していた。特にやるべきことはなさそうだったので、ＶＩＰ控室の奥に入り、室内の様子を確認する。昨日も準備状況を確認しているので、最終チェックだ。ソファ前のデスクには、印刷したＣＰＸ資料を置いている他、壁際のサイドテーブルには、冷水ポットやコップも準備してある。お茶やコーヒーは、給湯室で準備して運んでくる手はずになっていた。〝状況〟が二十四時間連続する演習では、簡易ベッドなども用意しなければならないが、今回のＣＰＸでは必要ない。改めて考えてみると、本当にやるべきことはなさそうだ。

控室の入口に戻り、SOCを見渡す。中央先頭に司令官である溝ノ口。その両翼は、幕僚長に各部長等。彼らの後方は、それぞれの部課毎《ごと》に幕僚席が設けられている。中心になっているのは、最もリアルタイムな対応が要求される運用課だ。演習時でなくとも、飛び込みの急な報告は、運用課が一番多い。演習は斑尾にとって初めての体験だ。演習での彼らの動きを見たことはない。それでも、領空に接近するアンノウンの情報を元にスクランブルを発令したケースなどには接しているし、副官着任前の引き継ぎ時、災害派遣のために開設されたSOCで、彼らの動きを見たことはあった。もっとも、あの時は誰が運用課員なのかも分かっていなかったし、そもそも運用課が何なのかも分かっていなかった。今では、演習の場面で彼らが何を報告し、司令官にどんな判断を求めるのか、おぼろげには予想ができていた。

緊張感に満ちた幕僚の顔を見つめていると、状況開始予定時刻となった。統裁部からのアナウンスが響く。

「状況開始、タイム〇《ゼロ》九《ナイン》三《スリー》〇《ゼロ》I《アイ》」

わざわざI《アイ》タイムであることが明示されるということは、この後は逆にIタイム以外が使われることを意味していた。

「Z《ズル》タイムって、九時間遅れでいいんでしたっけ？」

眉根《まゆね》を寄せた三和に質問された。斑尾はZタイムも使い慣れていたが、輸送特技の三和は、日本標準時のIタイムしか使ってこなかっただろう。難しくはないものの、慣れないと混乱する。Ｚタイムは、グリニッジ標準時だ。

「地球って、上というか北から見ると反時計回りでしょ。日付変更線が太平洋の上にあって、日付が変わると、すぐに日本が回ってくる。グリニッジのあるイギリスは、ユーラシア大陸が過ぎた後だから、だいぶ後になる。時間は九時間で合ってるよ」

混乱するのは、九時間という数字よりも前なのか後なのかだ。地球の姿を思い出せば、視覚的に理解できる。三和は「なるほど」と呟いていた。

日米共同を基本とする自衛隊は、全世界で活動する米軍と時刻での齟齬《そご》をなくすため、運用系ではＺタイムを使っている。もっとも、それ以外は、Iタイムで動いているものが多いため、斑尾でも時折混乱する。混乱を避けるため、時刻は〇〇〇〇（I）、あるいは（Z）と表記され、言葉でもアイかズルを付けて対処している。

状況が開始されると、前方のメインスクリーン右横にある時系列の表示板にも、時刻と状況開始の文字が表示される。同時に、メインスクリーンに表示されているＪＡＤＧＥの地図画面に、新たなシンボルが現れた。Ｚ国沿岸の東シナ海上空に現れたシンボルは、進路をまっすぐ尖閣諸島に向けていた。

「アンノウン航跡４６２３に対し、警告開始〇〇三〇」

出現したシンボルには、システムが自動的に４６２３というトラックナンバーを与えている。捕捉《ほそく》したばかりなので、当然アンノウンだ。その４６２３に対して、ＤＣが通告を開始したことを運用課の忍谷《しのや》三佐が報告した。ＤＣは、ＳＯＣに併設され、ＳＯＣが行う指揮活動を支える部署だ。防管群と略される防空管制群が運営し、航空機や地対空ミサイルを管制している。ＳＯＣと密接に連携しているため、両者を合わせてＳＯＣ／ＤＣと呼ばれることもある。映画で描かれる際には、混同されていることも多い。ＳＯＣで方針決定を行い、細部の細かい指示をＤＣが出すことになる。

「ずいぶん距離がありますが、もう警告開始ですか」

控室入口でいっしょに並んでいる三和が呟いた。

「あの航跡、尖閣までの距離は二五〇キロ以上あるけど、このまま直進すれば領空侵犯になるでしょ」

「でも、まだ日本のＡＤＩＺ《アディーズ》（防空識別圏）にも入っていませんよ」

日本のＡＤＩＺ西端は、与那国島《よなぐにじま》の経度と同じだ。尖閣からＡＤＩＺの縁までは五〇キロもない。

「ＡＤＩＺって、対領侵をやる上で、日本政府が空自に示した指標でしかないのよ。ＡＤＩＺに入っても、領侵の可能性がなければ警告してないし、今みたいにＡＤＩＺに入ってなくても、領侵の可能性が高ければ警告しないといけない。それに……」

斑尾が、その先の措置を話そうとしていると、細かな確認をしていた運用課長、海老原《えびはら》二佐がマイクを摑《つか》んだ。つなぎである飛行服から飛び出した頭は、生え際が著しく後退している。いかにもパイロットと言える風貌《ふうぼう》、言動の人だ。

「4623は領侵の恐れがあるため、ホットを上げます」

ホットは、ホットスクランブルの略だ。一般に認識されている〝スクランブル〟は、基本的に、このホットスクランブルを意味している。海老原の上申に、溝ノ口は無言で肯いて承認した。

緊張感が漂っているものの、ここまでは、ある意味普段通りだった。違うのは、普段はホットスクランブルを命じてから、事後報告で司令官に報告されていることくらいだ。

「いきなりスクランブルですか？」

三和がひそめながらも驚きに声を上げる。普段の対領侵事案だと、溝ノ口や目黒が運用課に出向くことがあっても、三和がついて行くことは基本的になかった。意外と空域の状況を知らないようだ。斑尾は、この機会に教育もしようと考えた。

「4623のトラックデータを見て」

シンボルの横には、航跡の諸元データが表示されている。その中には、航跡を捕捉しているソースも表示されていた。斑尾は、その部分を見るように言った。

「え〜と、E2ってやつですか？」

「そう。六〇三飛行隊のE－2よ。天候などにより必ずではないけれど、平常時でも日中はE－2が飛んでる」

　中国の尖閣付近での航空活動が活発になったのは、もう一〇年近くも前になる。その当時、那覇にはE－2やAWACSの配備がなかったが、尖閣付近での対領空侵犯措置を行うため、三沢《みさわ》からE－2が展開して対応した。その後、二〇一四年に那覇基地にE－2を保有する六〇三飛行隊が新設されている。ただし、六〇三飛行隊は、南西航空方面隊の隷下部隊ではない。航空総隊直轄の警戒航空団隷下だ。

「南西空のセンサーで一番近いのは宮古《みやこ》のレーダーだけど、あの位置だと高度が一二〇〇〇メートルくらいにならないと、見えないのよ。地球の表面が湾曲しているからね」

　宮古島分屯《ぶんとん》基地のFPS－7レーダーは、最新式の優れものだ。それでも物理法則は超越できない。

「それは理解しました。でも、なんでいまホットなんでしょうか。E－2を守るためってことじゃないですよね？」

　三和の質問に、斑尾はゆっくりと首を振った。

「それだけ遠いってことよ。特に、那覇から遠い」

　斑尾は、自衛隊流に、任務、あるべき姿、環境などの問題、対策という流れで説明することにした。

「対領侵任務は、外国の航空機を、国際法や日本の航空法に違反して領空に入らせないようにすることでしょ。本来だったら、もっと早くレーダーで捉えて、対処しなきゃいけない。スクランブルにしたって、本来なら、もっと余裕を持ってエンジンはスタートさせて待つとか、ランウェイに出て待つようにしなきゃいけない。南西空だといきなりホットになってしまうことが多いけど、他の方面だとよくあることよ」

　ここまでが、任務とあるべき姿だった。次に、あるべき姿のとおりにできない事情、つまり問題点を説明しなければならない。

「でも、さっき話したとおり、南西空のレーダーは十分じゃない。このイニシャルトラックのポイントにしたって、尖閣まで二五〇キロを少し超えるくらいでしかないでしょ。那覇から尖閣まで四〇〇キロ以上あるのよ。同じ速度で飛んだら、絶対に間に合わない」

「じゃあ、超音速で飛んで行くわけですか」

　斑尾は、今度も首を振った。

「ずっと超音速なんてしないはずよ。F－35ならやるかもしれないけどね。でも、音速に近い速度まで上げて急行することになるはず」

　これは、対策の一部だった。残りの対策は、この後に目にすることができるはずだ。斑尾は、三和と共に、成り行きを見守る。腕組みをして、控室入口に寄りかかっていた。

　システムの画面の中で、接近しつつある航跡が、じりじりと進んでいる。時折、「二回目の通告開始」とか「ホットスクランブル（離陸）、タイム三三《スリースリー》」といった動きが報じられるものの、司令部全体としては、まだ動きらしい動きはない。それでも、４６２３の進路に変化がないため、緊張感が高まっていた。

騒がしくしているのは運用課員だけだ。航跡の変化やＤＣの通告状況、そして離陸した対領侵編隊以外の九空団の待機状況などを慌ただしく確認している。対領侵編隊は、六〇ノット近くの高速で尖閣上空に急行していた。何とか間に合いそうだ。

「尖閣上空で対領侵機と対象機の接近が予想されます。ＳＯＣ開設を上申します」

海老原が、防衛部長の幸田《こうだ》一佐に上申する。海老原や難波など、防衛部各課長は、そろってアクが強い。そのせいか、幸田は普通の一佐だったが、妙に印象が薄かった。

上申を受けた幸田は、馬橋と溝ノ口にまとめて上申する。このあたりは儀式のようなものだ。恐らく、演習でなければ、まだＳＯＣは開設されないだろう。対領侵機と対象機が接近する程度の事態は、斑尾が副官についた以後にも何度かあった。その時は、状況を見るために、溝ノ口が防衛部に行くことはあっても、ＳＯＣを開設するまでには至っていなかった。

ＳＯＣの開設が示されると、既に席についている他の部課員は、改めて姿勢を正した。各部長が幕僚長である馬橋に集合完了を報告し、馬橋がＳＯＣ開設完了を宣言する。これは完全に儀式だった。ここから、本格的に演習がスタートするのだろう。

ＳＯＣが開設されても、まだ動きらしい動きをとっているのは運用課だけだった。運用課の忍谷三佐が、海老原に報告する。

「対領侵編隊、この後の行動を考慮すると、ビンゴまで三〇分の見込み」

「ビンゴって、何ですか」

問いかけてきたのは、いっしょに成り行きを見守っている三和だ。

「ブレビティ・コードって言われる略号の一つよ。ボギーとか、タリーとか、運用課の人が使っているのを聞いたことない？」

ブレビティ・コードは、米軍が使用している航空用略号で、米軍と協同するＮＡＴＯ諸国でも使われている。

「あ、さっきエンジェルとか言ってたのもそうですか？」

「そうそう。あれは、高度のこと。で、ビンゴは、基地に帰投するための燃料がギリギリになること。ビンゴになっても戦闘を継続したり、なんらかの行動を続けさせれば、機体は基地に戻れなくなる。燃料切れで墜落するか、距離の近い民間空港などに緊急着陸するしかなくなるのよ。だから、ビンゴまでに帰投を命じないといけないの。だから……」

「よし、次を上げろ」

斑尾が三和に説明している間に、その先を海老原が命じた。彼が部長である幸田や幕僚長、それに司令官に報告することもなく命じているのは良いのだろうかと疑問に思ったが、そのことを咎《とが》める者も、異を唱える者もいなかった。命令権者は司令官である溝ノ口のはずなのだが、同じ場所にいるためなのかもしれない。たぶん、こうした暗黙の了解事項は多くあるはずだったが、斑尾にはよく分からなかった。

「対領侵編隊は、対象機の倍近い距離を大急ぎで進出してるでしょ。あれをやると燃費が悪くなるのよ。だから、もうビンゴを考えないといけないし、交代する編隊を先に上げておかなきゃいけない」

海老原の言葉を三和に解説してやる。その間に、対領侵機と対象機が接近していた。

「対象機、通告に反応なし、進路変化なし。領空まで三〇マイル」

飛ばしに飛ばしまくったので、対領侵機が尖閣上空に到達した時点で、接近中のアンノウンはまだ領空外だった。しかし、航空機にとって三〇マイルは目と鼻の先だ。運用課員がDCの勤務員に指示を出し、通常のように対領侵機を対象機の背後に付けるよう誘導を指示していた。

SOCは、基本的に大まかな指示を出すだけだ。パイロットに進路や旋回のタイミングを助言するのはDCの仕事になる。パイロットとDC勤務員の会話もSOCのスピーカーで流されていた。演習なので、実際には飛行せずに統裁部の要員が会話し、無線に似せた音響効果をかぶせているのだろう。

「対象機は、Z国空軍Su－30MKK一機。外装物は、AAM四、タンク一」

目視の結果が報告される。機種に加え、空対空ミサイルを四発と増槽《ぞうそう》が一つだ。直《す》ぐさま翼を振っての警告とそれに従わない場合は、警告射撃に移る準備をすることも伝えられる。

「もう警告射撃をすることになるんですね」

三和が驚きの声を上げる。

「本来なら、ワンステップずつ、複数回の警告をするはず。相手が見落とす可能性だってあるからね。演習だってこともあるかもしれないけど、対象機はまだ領空に向けて直進してる。悠長にやってたら、すぐに領空侵入しちゃう。入ったらすぐに警告射撃をできるように準備するんでしょ」

斑尾が説明している間にも、対象機は領空に接近していた。

「対象機、レフトターン」

対象機が領空に入る直前、パイロットの音声報告がスピーカーから響いた。

斑尾は、ＳＯＣの後方、総務課の席に西口と水畑の姿を探す。西口は、苦い顔をして正面のスクリーンを見つめていた。水畑は、机の上にある端末を睨《にら》んでいる。二人とも、気になるのは、対象機が領空侵犯したかどうかだろう。

運用課の忍谷は、電話に繋《つな》がれたヘッドセットに「入ったのか？」と確認していた。通話の相手はＤＣのはずだ。トークスイッチを手放すと叫んだ。

「領空侵入タイム〇一〇一、侵入は一八秒間、領空退去〇一〇一。左旋回中に侵入し、旋回を継続したことでそのまま退去しました。現在は、領空から遠ざかりつつZ国方面に直進中」

微妙な状況だった。侵入するつもりだったのか、そうでなかったのか判断は難しい。

どうやら、CPX最初のイベントはこれで終わりの様子だった。記者会見の演練を行うことになっているため、水畑を中心に総務課はドタバタし始めていた。

運用課も、詳細なデータを集めるだけでなく、会見の支援準備に忙しそうだ。

「第二編隊が尖閣空域に到着、CAP《キャップ》を交代させます」

対象機がZ国方面に退避した後も、最初に上がった対領侵編隊は、尖閣上空でゆっくりと旋回しながら、状況の変化に備えていた。戦闘空中哨戒《しょうかい》(Combat Air Patrol)と呼ばれる行動で、英語の頭文字からCAPと呼ばれている。

「総務と運用は分かりますけど、他もなんだか忙しい感じになりましたね」

副官室は、相変わらず暇だった。お茶を出すにしてもまだ早い。SOCの状況を眺めているだけだ。控室の入口で、並んでいる三和が呟いた。

「私もよく分からないけど、さっきの状況付与のせいじゃないかな?」

Z国の航空機が領空に接近している途中に、上級部隊である航空総隊からの情勢見積もりが、統裁部から状況付与として出されていた。内容は、Z国による、尖閣空域での挑発行動が継続しそうだというものだった。この情勢見積もりとセットで、厳正な対領空侵犯措置の継続が命じられている。政府の方針として、現状の実効支配を継続するよう指示が出ていた。これも状況付与だ。

斑尾の予想を裏付けるように、防衛部の栗原がハンドマイクを持ってアナウンスを始める。彼は、状況付与を受けてドタバタし始めた以後、防衛部長だけでなく、幕僚長の馬橋や溝ノ口の下まで行って、何やら報告していた。

「情勢見積もり及びそれに付随する指示を受けた作戦会議を一〇三〇《ひとまるさんまる》Ｉタイムから実施します。各部課は、それまでに所要の準備を行って下さい」

要所要所で作戦会議を行うと聞いていた。ＣＰＸが始まったばかりなのに、もう開催されると聞いて驚いた。

「もうやるんだ」

「ですね」

斑尾の呟きに、三和が答えた。斑尾は、振り向いて、奥の二人に尋ねる。

「副官室として何かやることはある？」

斑尾の問いかけに、村内が首を振った。

「特にありません。やるとしたら作戦会議が長引くことも考えて、その前にお茶を出しておくくらいでしょうか。むしろ、作戦会議後に、例の記者会見をやることになるでしょうから、副官は、そちらに備えた方がいいと思います」

斑尾は、副官付の三人に、お茶の手配を頼むと、自分は総務課に向かった。事前に会議まで行っているので、口を出すことはしない。どんなやりとりがなされるか、会議で検討した以外のことを急遽《きゅうきょ》やることにならないか確認するだけだ。総務課は、水畑を中心として、航空総隊司令部役をやっている統裁部の要員に電話で確認をとりながら準備を進めていた。

領空侵犯の事実があり、さほど危険と思われる状況もなかったため、会見で発表する内容の調整はスムーズに進んでいるようだ。溝ノ口が疲れているはずもないので、斑尾の仕事もなさそうに見える。そのことを確認してVIP控室に戻った。

＊

作戦会議は、予定通りに始められた。栗原は、スクリーン横に設けられた演台に立つこともなく、壁際に立って司会進行役を務めている。

最初に演台に向かったのは、情報班長の亀居《かめい》一尉だ。情報特技は、他の特技から転換した人も多いらしいが、亀居は、最初から情報職種だったと聞いた。色白の細面に銀縁眼鏡という如何《いか》にも情報という風貌だ。他の職種にしたら保《も》たないと思われたので、最初から情報に配置されたのかもしれない。

「先ほど飛来したSu－30MKKは、Zα基地に四〇機以上配備されているものの一機だ

った と推定されます」

亀居は、機体や搭載兵器の性能を報告し、航空総隊や米軍ソースの情報も突き合わせ、今後も同種の挑発行動が継続する可能性が高いと報告した。

CPXの前、亀居は頻繁に副司令官の目黒のところに報告、指導受けに入っていた。目黒の後に溝ノ口には報告しないため、斑尾は不審に思って尋ねた。CPXでの特殊な立場のせいだと言っていた。

調査課の情報班は、CPXではプレーヤー、つまり演習参加者の一員だ。しかし、その報告内容は基本的に統裁部から状況付与として与えられたもので、下手に分析を加えて統裁部の意図と違う内容を報告してしまうと、司令部全体がおかしな方向に行ってしまう。そのため、CPXの開始前から統裁官である目黒に報告、指導受けしているのだと言っていた。半ば統裁部の一部のような、特殊な位置付けになるらしい。

亀居の次に演台に立ったのは、運用課の忍谷だ。報告した内容は、基本的に先ほど飛来した４６２３の飛行状況と我《われ》の対処をまとめたものだ。これは、作戦会議に臨んでいる者の認識を揃《そろ》えるための報告だった。

次は、栗原だった。内容は、会議前に報告されていた内容の復習で、政府方針として実効支配の継続が、上級部隊である航空総隊からは、厳正な対領空侵犯措置の継続が命じられていることだった。

「この命令に基づき、南西航空方面隊として、二つの検討が必要です。一つは、警戒監視能力の強化として、E－2の哨戒ポイントを前進させるのか否か。もう一つは、待機態勢の強化として、常時CAPを行うか否かです」

そう切り出し、栗原は細部の説明を始めた。

「先ほど尖閣に接近したZ国空軍所属Su－30MKKは、一機だけでしたが、我が方は四機での対応を余儀なくされました。二〇二〇年度当初より、対領侵は脅威度の高い目標に限るよう総量規制を行っておりますが、Z国による尖閣への挑発飛行が継続されると九空団の通常訓練に悪影響が出る可能性があります。これを防ぐためには、早期発見が有効なため、現在、久米島《くめじま》西一〇〇マイルに設定しているE－2の哨戒ポイントをさらに西方に出すか否かが検討課題となります」

「総量規制って、何ですか？」

三和は、対領空侵犯措置が、変わることなく継続されてきたと思っていたのだろう。空自にいても、関係する部署以外では、あまり知られていないようだ。

「二〇一六年に、九空団が二個飛行隊に増強されて、F－15の数が倍増したでしょ。その理由が、中国の航空活動の増加だったのは知ってるよね？」

三和が肯いたことを確認して、斑尾は説明を先に進めた。

「それでも、九空団はいっぱいいっぱいだったのよ。ソ連がガンガン飛んでた冷戦時の最前線は北空だったけど、その頃《ころ》は、千歳《ちとせ》の二空団が二個飛行隊な上に、三沢の三空団も二個飛行隊編制だった。今の南西空は、二個飛行隊に増強されはしたけど九空団だけ。対領侵のアラートばかりで通常の訓練に支障が出てた。だから、二〇二〇年からは、従来より対領侵のためにスクランブルする基準を引き下げたの。しきい値《スレッショールド》を引き下げたって意味じゃなくて、スクランブルすべき状況を絞ったって意味よ。領侵になってしまう可能性が高い航跡に対してだけ、スクランブルを上げることにしてたの。演習の〝状況〟として、さらにガンガン飛んでくると、その低い基準でも、九空団が限界になってしまうってことね」

三和が納得の顔を見せたのを確認して、斑尾は視線を栗原に戻した。

説明している間にも、議論は進んでいた。九空団の負担軽減を考えることは重要だったが、Ｅ－２の前進は、当然のことに速度の遅いＥ－２への危険性が増す上、Ｅ－２を運用する六〇三飛行隊の負担増加となる。

初度探知したら、すぐにＥ－２を下げることで危険の回避は可能だ。考慮要素は、オペレーションの煩雑さが増すことだ。負担の増加については、情勢が更に悪化した場合は、致し方ないものの、現段階で要請すべきかどうかが問題だった。

演台では、装備部の幕僚が報告している。負担は、航空機を操縦するパイロットだけではない。飛べば飛ぶだけ、整備の負担も増える。特に、先ほどの状況のように高速を多用すれば、エンジンの整備は普段以上に大変になる。高度が上がるまではアフターバーナーも使っただろう。

「では、関連が強いため、次の課題、尖閣周辺空域で常時CAPを行うか否かについても先に報告したいと思います」

栗原は、E－2の件に結論を出す前に、次の検討課題に移ると言った。E－2の前進がなくとも、常時CAPを行えば、南西空内の努力で対策できるからだ。

「常時CAPってことは、ずっとCAPしてるってことですよね？」

この質問は、三和ではなかった。入口には、斑尾と三和が並んでいる。斑尾の肩口から、のぞき込むようにしてSOC内を見ていた守本だった。斑尾は、視線はSOCに向けたまま、少し振り向いて答えた。

「さっきは、ほんの少し領侵しただけだったけど、すぐにも警告射撃できるくらいに対領侵機は接近できてた。でも、Z国の対象機がもっと高速で飛行していたら、領侵されてもこちらの対領侵機は、まだ尖閣空域まで到達できてないって可能性もあった。政府・上級部隊の指示が、実効支配の継続、厳正な対領空侵犯措置の継続だから、絶対に入られないようにするためには、尖閣周辺でCAPを続けることが必要ってことだろうね」

「でも、それって、すごく大変なんじゃないですか？」

今度は三和が疑問を口にする。素直な疑問だったが、当然の懸念だった。斑尾は、肯いて口を開く。

「飛んでいるんだから、当然普段のアラート待機よりも大変よ。パイロットも整備もね。地上で待機する要員も増やさなきゃならないから、その分の手配も必要になる」

演台では、防衛部と整備部の幕僚が、その負担の増加について報告していた。

「ＣＰＸって、こういうものだったんだな」

斑尾は、なんとはなしに呟いていた。

「こういうモノ？」

斑尾の呟きを拾った三和に肯いて答える。

「まだ序盤も序盤、始まったばかりだけどさ、ＣＰＸって、任務とそれに付随した問題を検討して、方面隊として、どう対応するのかを訓練するためのものなんだねぇ。当たり前の話なんだろうけど、言葉で言われただけじゃ、よく分からなかった」

斑尾がそんな感慨を抱いている間にも、ＳＯＣの中では、各幕僚が、それぞれの立場から報告していた。

「先ほどの尖閣への接近飛行を見る限り、領侵する意図が明確だったとは言えません。我が方の活動としては厳正な対領侵はできていたと思われます。現段階で九空団に必要以上のロードを負わせることは適切ではないため、常時ＣＡＰの指示は出すべきではないと思われます。Ｅ－２についても、現状で実効支配が維持できている以上、現段階では不要と考えます」

報告をまとめるように発言したのは、幕僚長の馬橋だ。溝ノ口は、おもむろにマイクを掴んだ。

「CAPは見送る。検討があったことだけ伝え、九空団には準備だけはさせるように。E－2については、状況によって柔軟に前進させるものとするが、警戒航空団と調整を密にするように」

斑尾も認識していなかったが、南西空隷下にはない六〇三飛行隊のE－2に対して、南西空が統制できるよう取り決めがあるのかもしれなかった。

一般の会議と自衛隊の作戦会議の違いは、トップが下す決定の重みだろう。自衛隊でも、反論を述べることは不可能ではないが、反論したとしても決定に従うことは絶対だ。

「では、各部は所要の行動に移るように」

溝ノ口が決定を下したことで、馬橋が指示を出し会議は終了した。

「この後は、どんな動きになるのかな。記者会見準備もこれからだよね？」

斑尾は、控室の奥に振り向いて、村内に問いかけた。CPXの流れが一番分かっているのは、経験の長い村内だ。パイプ椅子に座り、音だけを聞いていたようだ。

「上申書類を作ったり、総隊役の統裁部要員に電話などで細部調整を行うと思います。会議前にお茶を出したので、副官室としては司令官と幕僚長が控室に移動するか確認するくらいです。たぶん、始まったばかりなのでこのままだと思います。こちらで確認するので、副官は総務課の準備状況を見に行った方がいいと思います。この決定を受けて記者会見の準備をするはずですから」

斑尾は、村内の言葉に肯いて、総務課の席に向かった。部長はもちろん、各課長の席もVIP席に近い位置にある。総務課席には部長も課長もおらず、水畑が会見の原稿を書いていた。

「問題はなさそうですか？」

斑尾が声をかけると、水畑が視線を上げた。

「この内容だと、問題になりそうな部分は少ないからな。副官は、会場の方を見てくれないか。事前に作ってあるんで、問題ないと思うけど」

斑尾は「分かりました」と伝えて、一旦《いったん》SOCを出る。SOCの手前、階段を降りてすぐのところにある多目的室に向かった。記者会見の演練を行うため、カメラマン役の空曹と富野三曹がビデオカメラの準備を行っていた。

「準備はどう？」

「あ、副官。ちょうどよかった。演台に立ってもらっていいですか」

カメラのチェックをするようだ。斑尾は、周りを見渡して、踏み台になるようなものを探した。斑尾は、WAFとしては身長が高いものの、溝ノ口とは一〇センチ以上の身長差がある。しかし、地下の多目的室に、余分なものは置いてなかった。斑尾は、演台に立つと思い切り背伸びをして立った。

「これでも少し足りないと思う。もう少し上まで写せるようにしといて」

ＣＰＸなので、実際に撮影する必要はなかったが、一応、録画しておくそうだ。

「ＯＫ、大丈夫です。ありがとうございました」

カメラのチェックも終え、準備は完了したようだ。斑尾は、演台から降りて会場を見回した。

「大丈夫そうだね」

溝ノ口は、普段から着ている飛行服のまま会見に臨む予定だったので、服装については、直前に襟などが変な折れ方をしていないかチェックするだけで問題ない。斑尾は、総務課席に引き返し、水畑に告げた。

「会場準備は、カメラを含めて完了してます」

「こっちも原稿案はできた。課長、部長の指導は受けて、関係部署に確認中。ＯＫが出たら、幕僚長と司令官に見てもらう」

航空総隊の総務課役をやっている統裁部に案を送ってあるらしい。

「ＣＰＸといっても、難しいことはさせられないんですね」

すんなりと動いているようだ。斑尾が拍子抜けして素直な感想を口にすると、水畑から

「甘いな」と言われた。からかうような顔をしている。

「会見の演練は何度もあるんだ。経験も少ない。最初は予行演習みたいなもんだろう。今回は、回答に詰まるような質問が出されることもないと思う。面倒なことになるのは、二回目以降だろうな」

「なるほど。対象機も、直進で接近して、反転しただけでしたもんね」

演習なので、訓練効果を考えて、最初は簡単にしてあるらしい。斑尾は、気を抜くことのないように、自分を戒めた。

＊

水畑の予想通り、記者会見は淡々と進んだ。記者役は統裁部から出ていたが、質問も事実確認だけで、厳しい追及はなかった。斑尾は、準備してある以外の資料を溝ノ口から要求された場合に動けるようにと身構えていた。しかし、緊張しただけで終わっている。

「会見終了、特に問題なし」

ＶＩＰ控室に戻ると、守本たちに告げる。副官業務は、何事にも準備が大切だ。次の動きを考えなければならない。

「次は多分、昼休憩だよね？」

一番慣れているはずの村内に尋ねたが、彼は難しい顔を見せた。

「そうじゃないかと思いますが、私も分かりません。今回みたいな形式は初めてです」

CPX前に栗原に聞いた時も、ないわけではないが、珍しい形式だと言っていた。

「OK、じゃ仕方ない。予想の範囲で準備しておこう。統裁部は別行動だろうから、三和三曹は副司令官に付いて。司令官と幕僚長が一緒なら、私が付いてゆく。守本二曹と村内三曹は、ここを空けないように」

斑尾が昼休憩となった場合の動きを指示すると、一斉放送が響いた。

「統裁官指示、状況中止、タイム一一五三I。状況再興は一三〇〇Iを予期する。演習参加者は、それまでに所要の態勢を取れ」

予想通りだった。斑尾はほっと一息吐くと、溝ノ口の下に向かった。昼食で良いか確認した上で、食堂に連絡を入れなければならない。それさえ終えれば、普段と動きは同じだ。いつもと違い、いっしょに行くのが、副司令官の目黒ではなく、幕僚長の馬橋になるだけだった。

＊

昼食から戻ってくると、溝ノ口にはVIP控室に入ってもらった。司令官がSOCの中央に陣取ったままでは、〝状況〟が中断していても幕僚の気が休まらない。馬橋も控室に案内しようとしたが、遠慮すると言うので、彼の分のコーヒーは、SOC内の席に運ぶことにする。司令官と副司令官は指揮官だが、幕僚長は、幕僚のトップであり、各部長の親玉と言えた。階級的にも一佐なので、ＶＩＰとしてひとくくりされていても、こういう時には遠慮することも多い。

控室の溝ノ口にコーヒーを持って行くと、午前中の所感を尋ねられた。

「ＣＰＸがどういうものなのか、やっとイメージできるようになりました。ただ、スロースタートというか、いくら出だしとは言え、この程度で良いのかなとは思いました」

斑尾の答えに、溝ノ口は、笑みを浮かべた。

「『状況に入れ』とか『状況の人になれ』とか言われるだろう。慣れていても、心底状況に入るのは、それなりに大変だ。それに、副官のように初めてＣＰＸに参加する幕僚もいる。午前中は、まあ準備運動のようなものだ」

水畑が言っていたように、午前の〝状況〟は、参加者である幕僚を慣れさせるためのものだったらしい。ＣＰＸ全体の構成を考えている溝ノ口や統裁官の目黒は、演習を効果的にするために知恵を絞っているようだ。

溝ノ口を控室に入れたので、斑尾たちは、ＳＯＣ側に出て必要な動きに備えることになる。だが、やはりこれといった仕事はないまま、状況再興五分前となり、溝ノ口も再興に備えてＳＯＣに戻った。

「午後は、さっきの続きなんでしょうか？」

控室入口での三和との会話は、定型パターンとなりつつあった。斑尾は、首を振って答える。

「私も分からないよ。頭を切り替えるにはちょうどいいタイミングだから、何かありそうな気がするけどね」

斑尾は、ＳＯＣの中央に腰掛けた溝ノ口を見ていた。隣の馬橋と談笑している。普段と全く変わらなかった。地下のＳＯＣにいることもあって、斑尾はどうしても緊張してしまう。溝ノ口を見ていると、何とも言えない違和感が湧《わ》くというか、疎外感というか、この場では自分の方が異物なのだと思えてきた。気負いすぎているのかもしれない。斑尾は、深呼吸をして気を落ち着けた。

「統裁官指示、状況再興、タイム一三〇〇I。同時刻、状況一八号付与」

統裁部からのアナウンスが入り、正面のスクリーン群の中で、統裁部用に割り当てられたスクリーンに状況一八号の内容が映し出された。

時間は、一気に一〇日が経過し、日付がX＋一〇日になった。その間、Z国の挑発飛行が継続していたとされている。午前中の状況と同じく、領空をかすめるような尖閣接近飛行が繰り返され、計三回の領空侵犯があったとの設定だった。

「こういう状況が出されるってことは……」

三和の言葉を、斑尾が続けてやった。

「次は、もっと厳しい動きになるってことだね」

斑尾が言い終わるよりも早く、ＪＡＤＧＥの地図画面に新しいアンノウンシンボルが映る。位置、進路は、午前の状況とほとんど同じだった。

「アンノウン航跡５７１９に対し、警告開始〇四〇〇」

警告を行っているＤＣは、統裁部の一部だ。迅速確実に動きを取っていた。

「５７１９は領侵の恐れがあるため、ホットを上げます」

海老原の言葉も、トラックナンバーが変わっただけだ。午前中の作戦会議でＥ－２の哨戒ポイントは変えないことにしていたし、ＣＡＰも行っていない。航跡を初度探知する距離は同じだったし、対領侵機が那覇から上がらなければならないことも同じだ。

斑尾たちは、ＣＰＸだから、午前とは違うはずだと思っているだけで、接近してきている対象機が異なる動きを取らない限り、プレーヤーとしても異なる動きを取るわけにはいかないのだろう。

斑尾は、画面に映された５７１９の飛行諸元を見ていた。午前中と比べても、数値はほとんど同じだ。違う動きをするはずだと考えてみれば、まるで、Ｆ－15の接近を待っているようにも見えた。

しかし、ＪＡＤＧＥに表示されていない情報には変化があったようだ。ＤＣと電話を繋ぎっぱなしにし、片耳ヘッドセットを装着した忍谷が報告する。

「五三警《ごうさん》が対象機を捕捉。反射強度大、５７１９は複数機編隊の可能性あり。メイビー二」

　やっと違いが出てきた。

「二機いるかもしれないって意味ですか？」

　三和の問いに、斑尾は肯いてみせた。

「接近していると、一機なのか二機なのか分からないのは、目視でも同じでしょ。目で見たイメージで言えば、距離の割に大きく見えたってこと。たぶん、もう少ししたらハッキリするよ」

　そう言ってしばらくすると、忍谷が再び大声を上げた。

「Ｅ－２から通報、５７１９はサイズ二」

「確定したね。二機編隊で来た。違いは、これだけじゃないと思うけど」

　斑尾が言うと、三和に質問される。

「Ｅ－２の方が、レーダーが優秀なんですか？」

　斑尾にとっては、当たり前のことも、三和には疑問のようだった。斑尾は、首を振って答えた。

「レーダーの分解能《ぶんかいのう》にはそんなに差はないよ。むしろＥ－２の方が低い。違うのは位置よ。Ｅ－２の方が前に出ているから、先に分離できるってこと」

対象機が二機でも、DCも運用課も、特に動きを変えなかった。自衛隊はもとより、諸外国でも戦闘機は、二機編隊を基本としていることが多い。二機までなら、それほど変える必要がないのだろう。

忍谷が「対領侵編隊、ビンゴ見込みまで三〇分」と報告し、次の編隊を上げても変化らしい変化はなかった。

違いが見えてきたのは、互いの距離が三〇マイルを切った時だった。

「5719、ヘディングチェンジ、左旋回」

忍谷がDCからの報告を告げるよりも先に、JADGE画面の中で対象機編隊が左に方向を変えつつあった。那覇から上がり、8403のトラックナンバーを付けられた対領侵編隊は、5719の背後に付いてから警告射撃などを行う予定だったため、北側を回り込むように機動している最中だった。対象機が左に旋回するということは、自衛隊の対領侵編隊に向けて旋回していることになる。

「対象編隊が対抗機動を取ってきたため、8403は退避機動中。ロックオンはされていないもよう」

DCからの情報を忍谷が報告する。DCでは、自衛隊機や米軍機をコールサインで呼んでいることが普通だったが、SOCでは、トラックナンバーも使われる。兵器管制特技の者やパイロットは、慣れているコールサインを使うことも多かったが、JADGEの画面を睨んでいる大多数の幕僚には、トラックナンバーの方が分かり易い。忍谷は、全員に分かり易いようにという配慮なのか、トラックナンバーで報告していた。

対領空侵犯措置では、大まかな対処要領が定められている。パイロットも管制するDCも、その要領に従って行動している。

「ロックオンされてないなら、安全なんですよね？」

三和は、その表情に不安を浮かべていた。斑尾は、それを見て微笑《ほほえ》んだ。三和は、見事に状況に入っている。

「この距離なら、たとえ中距離ミサイルを撃たれても、退避に徹すれば大丈夫よ」

ミサイルの回避には、いくつかの方法がある。対領空侵犯措置は、基本的に、ミサイル回避措置を採れば安全が保てる状態を維持して行動していた。もちろん、対象機の前に出て、翼を振る動作の最中に、突然攻撃されれば、回避などできるはずもない。しかし、極力安全マージンを取った上で行動する。

対領空侵犯措置は、不審者がいるという通報で出動した警察のようなものだ。その不審者が危険なものを持っていたとしても、安全を保ちながら行動しなければならない。

情報班長の亀居は、接近してきている対象機編隊は、午前中の状況と同じくZ国空軍Su－30MKKである可能性が高いと報告していた。午前の作戦会議の時には、搭載されていた空対空《AAM》ミサイルが、R－77とR－27だったとも報告していた。それぞれ米軍の

ＡＭＲＡＡＭ《アムラーム》とサイドワインダーに相当するミサイルだ。ＡＩＭ－９《エイム》ＡＭＲＡＡＭ《アムラーム》と同様、Ｒ－77も最大射程は三〇マイルを大きく超える。それでも、Ｆ－15が回避に努めれば、危険性はほぼゼロと言ってよかった。

「それなら良かった。でも、そうすると領空侵犯されてしまいますよね？」

一安心した三和が別の懸念を口にする。

「だから、そうならないように動いてる。午前中は、ＣＡＰの交代だけしてた後続編隊を見て。諸元の所。もう速度が上がってるでしょ？」

速度は六五〇マイルを超えていた。高高度では音速が低下するので、音速を超えていることになる。

「なるほど。でも、誰も速度を上げろなんて言ってないですよね。自動的に動いているってことですか？」

「自動じゃないよ。ＤＣが指示を出しているのよ。ＳＯＣの仕事は、もう一編隊上げるかどうかね」

個別の編隊に細かな指示を出すことはＤＣの仕事だ。ＳＯＣは、それに口を出すこともあるようだが、基本はもう少し上のレベルの判断を行う。斑尾の視線の先では、運用課の幕僚が、耳打ちするようにして海老原に報告していた。海老原は首を振っている。

「もう少し様子を見るみたい」

対領侵編隊が対抗機動に対して退避行動を採り、尖閣に接近していた対象機編隊は、それを追いかけるように飛行していた。そのため、今は尖閣に近づいてはいない。むしろ少しだけ遠ざかっている。速度も上がっているので、燃料も余分に消費しているはずだ。

斑尾も含め、SOCにいるCPX参加者は、JADGEの画面を見つめていた。

「5719、再度ヘディングチェンジ、右旋回」

対象機編隊が、対抗機動を止《や》めたようだ。画面内でシンボルの飛行方位を示す矢印が向きを変える。対象機編隊が引き下がってくれたら良かったが、どうやら再度尖閣に指向しているようだった。

しかし、その進路には、高速でバックアップに入ろうとしている後続編隊が、斜め前方から圧力をかける形になっている。戦闘機には、RWR(Radar Warning Receiver)と呼ばれるレーダー警報受信機が搭載されている。これによって、パイロットは、レーダーを照射されている場合、その方位を知ることができる。Z国のレーダー《R》警報《W》受信機《R》には、F-15のレーダーも登録されているだろう。後続編隊からの圧力は、レーダー《R》警報《W》受信機《R》の警報として受け取っているはずだった。

「5719、再度ヘディングチェンジ、左旋回。9211に指向。9211は、既に退避機動を採らせています」

またもや、DCからの報告を忍谷が告げる。9211は、後続編隊のトラックナンバーだ。今度は、後続編隊に対抗機動を採ってきたようだ。距離が近くなっていたため、ＤＣがすぐに退避を指示したのだろう。

ミサイルは発射されていないし、ロックオンもされていないようだが、画面上に見えている状況は、中距離ミサイルを使用し、二個編隊で一個編隊を攻撃する戦闘のような状態になっていた。

安全確保が最優先とされているため、その後もこちらの二個編隊が、代わる代わる対象機編隊の背後に付こうとするものの、対抗機動を受けて退避するという動きが続いた。

「５７１９、ＲＴＢ《アールティービー》するもよう」

ＲＴＢは、Return To Base の頭文字で、文字通り基地に帰ること、帰投を意味する。仕事を終え、家に帰る際などにも使用される俗語になっているほどで、航空自衛隊では頻繁に使用されている。

尖閣に接近しようとしていた対象機は、こちらから上がった二個編隊に阻まれ、ビンゴになったのだろう。

対象機がＲＴＢし始めたことで、ＳＯＣは雰囲気が変わった。ロックオンはされなかったにせよ、対抗機動を採ってきたということは、挑発のレベルが大きく上がったことになる。南西航空方面隊として、対処する必要があった。

何人もの幕僚が、ＳＯＣ内を動き回って調整していた。最も目立っていた栗原が、午前中と同じようにマイクを握る。

「5719のロスト後、特異な動きが見られなければ、一四〇〇Iより作戦会議を実施します。各部課は準備をお願いします」

＊

午後の状況では、領空侵犯もされていない。そのため、政府や上級部隊の方針は変わっていなかった。

「厳正な対領空侵犯措置の実施により、実効支配を継続することが南西航空方面隊に課された任務です」

栗原は、作戦会議の冒頭で参加者の認識統一を図った。

斑尾は、午前中の作戦会議を見て、〝状況判断〟のようだと思っていた。そのため、午後の会議では、〝状況判断〟の五つのステップを当てはめてみようと考えていた。①任務の確認、②状況の分析、③行動方針の案出、④行動方針の分析・検討、⑤結論だ。

栗原が行った認識統一は、「任務の確認」に当たる。それぞれの立場により、目指しているところが違ってしまっていることも珍しくない。多数が集まる会議では重要だった。

続いて「状況の分析」として対象機の行動を運用課の忍谷が報告する。

「対象機は、編隊で飛来しています。この段階で、戦闘を意識している可能性を窺《うかが》うことができました。そして、やはり対抗機動に及んでいます。我が方は、即座に退避機動を採ったため、たとえ実際に攻撃してきたとしても、撃墜される恐れはほぼない状態を維持しておりました。しかし、退避機動を採らなければ、極めて危険な状況が発生していた可能性が高いと思われます」

任務遂行上の問題を確認した上で、再び栗原が口を開いた。

「Ｚ国は事態のエスカレーションを行ってきましたが、ロックオンをしてこなかったことからも、彼らの狙いは、我《われ》の撃滅ではなく、尖閣空域の実効支配、具体的には領空侵犯の恒常化であると思われます。我《われ》としては、二個編隊を上げることで数的優位を作為し、厳正な対領侵、実効支配を継続しましたが、今後同様の事態が継続する、あるいはさらに多数機が飛来することを念頭に態勢を整える必要があります」

栗原は、続けてその態勢整備案を口にした。

「まず、前回の作戦会議でも検討したＥ－２哨戒ポイントの前進と常時ＣＡＰを実施するか否か。更に、尖閣空域で数的優勢を保つために、地上待機の増強を行うかを検討する必要があります」

これは「行動方針の案出」だった。

「待機の増強って、どういうことですか？」

斑尾の思考をインタラプトしてきたのは、三和ではなかった。控室入口には、斑尾と三和が並んでいたが、いつの間にか、後ろには守本と村内もいた。

二人も興味を持っているなら、もっとSOC内を見やすくした方がいいだろう。

「椅子を二つ持ってきて。折りたたみのちっちゃいやつ」

斑尾は、控室の奥を指さして三和に言った。背もたれもないコンパクトな椅子が置いてあった。それを入口に二つ並べ、斑尾と三和が座る。守本と村内は、二人の頭越しでSOCの中が見えるだろう。

「さっきは、三個目の編隊を上げるかもしれない状況になったでしょ。もし、相手が二個編隊で来たら、こっちは四個編隊でも足りないかもしれない。対抗機動を採ってきているからと言って、こっちが先にミサイルを撃つわけにはいかないからね。仮に五個編隊を上げたとしたら一〇機、飛行隊の半分以上が飛ばなけりゃならないことになる、かもしれない。そのためには、待機している機体を増やしておく必要があるってこと」

そう言うと、斑尾は、SOC内の演台を見た。今報告しているのは、運用課の飛行訓練担当幕僚、小森《こもり》一尉だった。パイロットで、少しでも暇があれば走っているという人だ。『現場に戻った時に、鈍ったと言われたくない』が口癖らしい。

「でも、そうなると通常の訓練に支障が出る。小森一尉が報告してるのは、そのことよ。それに、この後で報告すると思うけど、当然負担は整備や補給にも及ぶ。アンスケ、計画外の整備は増えるし、待機の機数が増えると計画整備に入れるスケジュール調整も難しくなる」

　計画外の整備は、アンスケジュールと言う。略してアンスケだ。航空機ももちろんだが、兵器は使用すれば使用するだけ壊れてしまう。

「それに、スクランブルが上がると、九空団は、自動的に次に上がれる編隊を準備してる。アラート待機は、スクランブルで飛び立つ二機だけじゃないの。次の準備をしている機体もある。それを考えたら、待機の増強って部隊にとってはすごく負担なのよ。すぐに終わるなら、頑張ればなんとかなる。午前中の状況の後、午後の状況では一〇日間経過していたことになったよね。もし待機の増強を大量にして、今度は、次の変化が訪れるまでに三ヶ月経《た》ちました。部隊は既にへとへとです、なんて状況付与が出されたらどうする？」

　小森の報告が終わり、演台には、予想通り整備課の芹沢《せりざわ》三佐が向かっていた。斑尾には、小森や芹沢の細かな報告内容はよく理解できない。普段も、ＭＲで耳にしているので、どういった内容なのかは分かっても、それが部隊にとってどれだけ深刻なのかがよく分からないのだ。

　小森や芹沢の報告は「行動方針の分析・検討」と言えた。芹沢の報告も終わり、他にも三人ほど報告する幕僚がいる。その中には、水畑もいた。小森や芹沢の報告は、部隊の負担についてだったが、水畑の報告は、全く違う観点のものだった。

「今後、こうした活動が継続した場合、相当数のスクランブル発進が予期されます。那覇空港の滑走路は二本になっておりますが、スクランブル発進の増加は、結果として、民航機運航にも影響を与える可能性があります。Z国の航空活動が原因であること等の周知が必要と思われます」

　那覇空港の第二滑走路は、二〇二〇年三月に供用開始されている。コロナウイルスの感染拡大時期と重なり、那覇便が減ったこともあって、以後は自衛隊機の影響で民航機の運航に支障が出るケースは少なくなっている。それでも、スクランブルが増加すれば、民航機が発進を待たされるケースなどが出るだろう。そして、それが些《さ》細《さい》なものであっても、沖縄では大々的に報道される。沖縄県の一部である尖閣が脅かされていることが原因であっても、それは変わらない。スクランブルの増加が見込まれることを周知しておくことは必要なはずだ。

　報告が終われば、後は、溝ノ口が「結論」として状況判断の結果を示すことになる。SOCに並ぶ幕僚は、緊張した面持ちで、マイクを手にした溝ノ口の言葉を待った。

「E－2の哨戒ポイントは前進させる。ただし、危険が及ばないよう配慮すること。常時CAPは実施しない。即応性は高まるが、必要なのは圧力だ。待機は全ての区分で倍増させる。Z国が対抗機動を行っている以上、必要な措置だ。待機の増加以外は九空団所定とし、方面としては、訓練、整備など可能な範囲で九空団の負担軽減を図る方向で調整するように」

溝ノ口は、そこで言葉を切ったが、マイクは握ったままだ。まだ言葉がありそうだと、ＳＯＣ勤務員全員が固唾《かたず》を呑《の》む。

「以上の措置に付随して、私が記者会見を行うが、今後のＺ国航空活動及び我《われ》の活動について、広報の強化を図るように」

溝ノ口は、そう命じてマイクを置いた。幕僚が一斉に動き出す。命令や通達を出すために文書起案を始める者もいれば、上級部隊、隷下部隊役の統裁部要員と調整を始める者もいる。

斑尾は、午前中と同じようにお茶出しの指示をすると、総務課席に向かった。

水畑は、会見の原稿案作成をしているのだろう。キーボードを叩いていた。

「お疲れ様です。司令官が広報強化と言ったほどですし、大変ですね」

斑尾が声をかけると、水畑が顔を上げた。

「まあ、俺がわざわざ報告したってのもあるけどな。それに、原稿は書ける範囲があるから、さほど難しくない」

当然、会見で詳細を話すことはできない。公開して構わない情報となると、限られるようだ。

「それよりも、大切なのはしっかりとしたイメージを持ってもらうことだ。南西空としては、たとえ民航機に影響が出たとしても、多数のスクランブルを上げなければならないってことを理解してもらうことが大切だ。だから、図を描《か》いているんだが、今ひとつな気がしている。何か、いい方法は思いつかないか？」

水畑の隣では、空曹がプレゼン用のソフトで図を描いていた。一個編隊に、二個編隊で対処していたことを示すための図だということは分かったが、分かり易いとは思えなかった。動画にすれば良いのだろうが、そんな時間があるはずもない。

斑尾は顎《あご》に親指を当てながら頭を捻《ひね》る。正確になりすぎず、かつ分かり易く説明することが必要だった。

「模式的な方法がいいですよね」

自分で呟いたことで閃《ひらめ》いた。

「あれはどうでしょう。飛行隊がブリーフィングとかで使っている模型。お尻《しり》に棒が刺さっているヤツがあるじゃないですか」

「あ～、あれか」

水畑にも通じたようだ。しかし、水畑は眉間《みけん》に皺《しわ》を寄せた。

「しかし、少なくとも三機分は必要だろう。誰が持つんだ？」

溝ノ口の腕は二本しかない。

「私が一機か二機持ちますよ」

そう言うと、水畑は少し考え込んだ。

「よし。じゃあ、飛行隊から借りてこよう」

「うちで行ってもらいます」

斑尾は、水畑が動き出す前に、踵《きびす》を返した。ＶＩＰ控室に戻ると、守本と三和を探す。二人ともお茶出しから戻っていた。フットワークが軽く、動きやすいのは三和の方だ。斑尾は、三和に借りに行ってもらうように話す。三和が飛び出して行くと、部屋の隅に設置してある自即電話に向かった。村内が、開いた電話帳を差し出してくれる。

「さすが、ベテラン副官付ね」

斑尾は、村内が指し示した飛行隊の番号をプッシュして調整する。本来なら、九空団司令部に調整しなければならない。しかし、時間もないし、それほどの内容ではない。直接話し、ＣＰＸが終わるまで借りたいとお願いした。

三和は、息を切らせて戻ってきた。もちろん時間を考えても車を使ったはず。徒歩移動の区間を走ったのだろう。

「借りてきました」

彼が開けた段ボール箱には、八機分の模型が入っていた。機体後部に樹脂製の棒が取り付けられている。飛行前のブリーフィングや降りてきてからのデブリーフィングの際、空中での機動をイメージさせるために使うものだ。プラスチックの棒で支えるため、意外と小ぶりだった。

その内の四機はF－15だ。樹脂製でソリッドモデルと言うらしい。同じ型から作ったのか、塗装の剝《は》げ具合が違うだけで、同じ形に見えた。

残りの四機は、それぞれ別の機種だ。

「何これ？」

斑尾が持ち上げた棒の先には、ずんぐりむっくりにデフォルメされた戦闘機が付いている。市販のプラモデルに棒を付けたようだ。尾翼に描かれた国籍標章は、ロシアの赤い星が消され、星の横にバーがある中国の標章が描かれていた。

「できれば、Su－30MKK、MKKじゃなくてもSu－30がベストだって言ったら貸してくれました。Su－30はこれしかないそうです」

空中での機動、というか姿勢をイメージできれば良いので、リアリティは求められていないのだろう。

「で、他のも貸してくれたってわけか」

次に斑尾が取り出したのは、ユーロファイターのような形状、中国製のJ－10だ。数の上では、中国の主力機と言える。

三和が取り出したのは、Su－30と似ているが微妙に違っていた。Su－30の原型機であるSu－27を中国がライセンス生産したJ－11のようだ。

「それを使うのがいいかな」

斑尾は、三和が持ったＪ－11を見て言った。こちらも、市販のプラモデルに棒を付けたものだが、デフォルメされてはいないリアルなものだ。

「飛行隊の人も、これがいいんじゃないかって言ってました。他にもあるので、必要になったら、貸してくれるそうです」

斑尾が肯《うなず》いていると、守本が段ボールの中に手を伸ばした。

「これは？」

台座がついたソリッドモデルだった。借りてきたものの中では、一番精巧にできているものだったが、棒ではなく、台座に固定されているため、今回の用途では使えそうにない。

「Ｓｕ－30ＭＫＫの目視識別用モデルだそうです」

斑尾は「なるほど」と呟いて、守本が手にしたモデルを見つめる。

「機動の状況を説明するためには使えないけど、機体を説明するためにはいいね」

斑尾は、こちらもありがたく使わせてもらうことにした。

「水畑一尉に見せますか？」

取り出した模型を段ボール箱にしまいながら、村内が問いかけてくる。斑尾は、少し考えて首を振った。

「後にしよう。できれば水畑一尉には見せたいところだけど、ＳＯＣはごちゃごちゃしてるから。記者会見前に見せるよ」

「司令官には？」

今度は守本だ。斑尾は、これにも首を振る。

「なおさら必要ないと思う。司令官は、使い慣れてるよ。これを用意してあるって言っておけば事足りるはず」

斑尾は、段ボール箱を記者会見場となる多目的室に運ぶように指示すると、ＳＯＣの総務課席に向かった。水畑に準備状況を話してから、溝ノ口にも報告した。

記者会見は、予定通り溝ノ口が、一人で行った。模型を使っての空中の状況は、Ｚ国の対象機を斑尾が手にすることで説明する。

「Ｚ国戦闘機がとってきた対抗機動は、非常に危険なものでした。このような危険行為があっても、我《わ》が国の領空の主権を守るためには、今後は更なるスクランブル発進が必要になるかもしれません。それにより、那覇空港での民間機の発着に影響が出る可能性もありますが、県民の安全を守るためでもあります。ご協力頂くことを切に願うものでありま す」

多少の質問が出されても、溝ノ口は、ＪＡＤＧＥの画面を見ていたし、パイロットとしての経験もある。よどみなく答えていた。

司令官を支える副官として、その姿に安心する一方、斑尾は、疑問も感じていた。質問、追及が甘いのではないかと思えたのだ。質問している記者役の顔は記憶になかった。統裁部に隷下部隊から派遣された支援者だろう。司令官に質問するということで、遠慮しているのかもしれない。P－3搭乗の件でテレビのプロデューサーにも接した。彼らと比べると、どうにも甘いように思えた。

しかし、副官の立場でできることは、ただ見ていることだけだ。斑尾は、模型を操る時以外は、舞台袖《そで》で控えていた。記者会見は、今度も無難に終了した。

会見が終わり、SOC内に戻ると同時に、アナウンスが流れた。

「統裁官指示、状況中止、タイム一七二二I。状況再興は明日の〇九〇〇Iを予期する。演習参加者は、それまでに所要の態勢を取れ」

斑尾は、立ったまま腰を折り、両膝《りょうひざ》に手を突いて息を吐いた。

「終わった」

もちろんCPXは終わっていない。今日の〝状況〟が終わっただけだ。それでも、終わってくれたという気持ちが口にさせた言葉だった。

＊

車がゲートを通過すると、斑尾はいつもと同じく緊張を解いた。ふっと吐いた息は、普段より大きかったのかもしれない。

「疲れたか？」

斑尾より、よほど疲れているはずの溝ノ口から声をかけられた。

「慣れていないからだと思いますが、気疲れしました。これといったことは何もしていないので、笑われそうですが。司令官こそ、お疲れではないですか？」

「疲れてないさ。自分で言ってるじゃないか。慣れていないからだと。俺が何回ＣＰＸに参加していると思うんだ？」

後部座席から響いてくる声には余裕さえ感じられる。

「それもそうですが、こちらでは初めてでしょうし、状況の緊迫度と判断の難しさは一致しないでしょうから」

まだＣＰＸ一日目だ。明日は、もっと状況が緊迫してくるのは目に見えている。だが、各部課の報告を聞いていると、状況が緊迫していなくとも、判断の難しさは、変わらないのだと思えた。

「確かにそうだが、今日示された〝状況〟は、本格的な演習に入る前に、今までのおさらいをしたようなものだぞ」

「おさらいですか？」

斑尾は、オウム返しに聞く。おさらいであるならば、過去にこうしたことがあったことになる。

「時が経つのは早いものだな。俺にとっては昨日のようだが、副官も認識していないか。まあ、政府としては火消しに走ったし、初級幹部は、自分の仕事を覚えることで精一杯だったかもしれないな」

溝ノ口は、そう言うと、斑尾が認識していた以上の〝現実〟を話し始めた。

「中国は、徐々に尖閣周辺での活動を活発化させてきているが、やはり波がある。二〇一〇年の中国漁船衝突事件とその後の動画流出で騒がれたため、この後はほとぼりが冷めるのを待ったのかもしれない。次のトリガーが何だったのかハッキリしないが、二〇一六年には、戦闘機が自衛隊機に対抗機動を採ってきた」

「対抗機動ってことは、今日の午後と同じような状況ということですか……」

「いや、違う。今日の経過は、二〇一六年の事実を踏まえて対処している。ＣＰＸの中では、危険な状況に陥らないよう、配慮しながら行動した。突然対抗機動を採られた二〇一六年は、もっと緊迫した状況だった。何せ、チャフとフレアまで使ったんだからな」

「え？」

チャフとフレアは、ミサイルを回避するための自己防御手段だ。これを使うということは、パイロットは、撃墜される危険を認識したということだ。

「ミサイルを撃たれたというニュースは聞いた記憶がないですが……」

「撃たれてはいない。ロックオンもされなかったようだ。だが、ロックから発射など一瞬だ。それに、ロックしたかどうかよりも、問題はその時の相対距離だ。今日のCPXでは、この時の反省を踏まえて、安全な距離を保っていた。二〇一六年は……まあ、油断していたとも言えるかもしれないが、中国がそこまでの行動を採ってくるとは考えていなかった。そのため、ロックされ、ミサイルが発射されれば、確実に落とされる距離だった。副官も、ペトリのオペレーターなら分かるだろう」

「はい」

対空ミサイルは、空対空でも地対空でも、撃たれたら回避不可能なエリアが存在する。いわゆる有効射程と呼ばれるものよりも更に狭い範囲になるが、絶対的な効力を発揮できる範囲があるのだ。その状況で、ミサイルを回避する方法は、チャフやフレアによって、ミサイルを騙《だま》すことだけだ。後はもう、ミサイルが動作不良を起こすことを神に祈るしかない。

パイロットが、とっさにチャフとフレアを使用したということは、そういう状況になったということだった。

「この時、政府の動きは鈍かった。空自・防衛省は必死で訴えたが、政権与党は事の重大性が理解できなかったんだろう。幸い、これを理解できるＯＢがメディアを使って騒いだことで、ようやく政府や外務省も動いた。中国側も、中央の統制から外れていたのかもしれない。政府間で抗議することで、中国側の動きは落ち着いた。せいぜい、今日の午前中のような動きを時折繰り返すだけに落ち着いて、今に至るというわけだ」

「そうだったんですね」

斑尾は、またもや歴史を理解しないと、現在のことも理解できないのだと思い知らされた。それと同時に、溝ノ口が「おさらい」と言った理由も理解できた。ここまでは、現実に起こったことを踏まえた演練だったのだ。溝ノ口の余裕は、当然と言えた。

窓の外をコンクリート製の建物が流れてゆく。那覇市内は、公園は別として緑がさほど多くない。台風が強烈なので、高い樹木は倒れてしまうのだ。

「気疲れした以外に、感じたことはなかったか？」

斑尾が、まだ日中の熱をため込んでいそうなコンクリートの街並みを眺めていると、ＣＰＸの感想を問われた。斑尾は、ちょっとだけ思案すると、素直な感想を口にした。

「気疲れ以外となると、ちょっと物足りなさを感じました。今のお話で、現示された〝状況〟が、現実のおさらいだったことは理解したので、その点については納得しました。ですが、もう一つ、統裁部の方が遠慮しているように思えました」

「遠慮というのは、何に対してだ？」

「何にというか、司令官に対してです」

溝ノ口の疑問に、斑尾はＰ－３搭乗の時に会ったプロデューサーの話をして答えた。

「あの方々と比べると、やはり追及がヌルいと思いました。隷下から支援で来た幹部だと思うのですが、どうしても遠慮してしまうのかもしれません」

「なるほどな。遠慮か。あるいは、役に徹しきれなかったのかもしれないな。副官もそうかもしれないが、初級幹部だと演習慣れしていないせいもあるだろう」

そう言えば、五高群司令の護国寺も、過去の防災訓練の際に、役者は俺だけだったと言っていた。いきなり役者の真似事《まねごと》をしろと言われても、難しいのかもしれない。

溝ノ口が、何やら考え込んでいるうちに、車が特借となっているマンションに到着した。

「お疲れ様でした」

見送る斑尾の肩がポンと叩かれた。今まで、そんなことをされたことがない。どんな意図だろうと考えてみたが、分からなかった。

＊

昨夜は、〝ゆんた〟にも行かず、帰宅途中に寄ったコンビニの弁当で夕食にすると、オリオンで水分と滋養を補給し、早々にベッドに入った。

それでも、疲れは取れきっていない。頭が興奮していたのか、なかなか寝付けなかった。仕事らしい仕事はしていないものの、頭を全開で働かせていたせいもありそうだ。

登庁して、溝ノ口を迎えに行くまではルーチンワークだ。ただし、今日はダイレクトに

SOCに案内する。地下への階段を下っていると、溝ノ口が不穏なことを口にした。

「今日は、副官にも仕事をしてもらうぞ」

「え？」

昨日も仕事はしていたつもりだ。働きが悪いと注意されてもいない。斑尾が、意図を推し量ろうと思案していると、前を歩く溝ノ口が振り向く。悪戯《いたずら》っぽい笑みを浮かべていた。

「後で、目黒将補には言っておく。記者会見の時だけだが、統裁側に入って、記者役をやってくれ。遠慮をしない記者役ができるだろ？」

「え、いきなりですか？」

統裁部要員としての教育も受けていないし、目黒にもこれから話すということは、何の調整もできていないということだ。

「あんなものはアドリブだ。事前に考えたところで、追及ができるものじゃないだろう。だいたい、本物の記者だって、その場で考えて質問するんだ。いきなりもへったくれもない」

そう言われてしまうと、返す言葉はなかった。もともと、CPX中は仕事がないと言われていたくらいだ。やれと言われたら、やるしかなかった。

「分かりました」

昨日、送りの後で肩を叩かれた理由が今になって分かった。

*

状況再興のアナウンスは、急に命じられた記者役を気に病む余裕を吹き飛ばした。

「統裁官指示、状況再興、タイム〇九〇〇I。同時刻、状況二六号付与」

統裁部用のスクリーンには、状況二六号の内容として、五日の加速が示され、その間もZ国戦闘機が対抗機動を行ってきたこと。更に、E－2の前進配備と増強待機によって多数機で対処したこと。それによって、緊迫した状況が続いたことが示された。政府間では、抗議が行われたものの、Z国は逆に日本政府の主権侵害を訴えてきたという。

「これ以上となると、ロックオンはしてくるんでしょうね。それで済むのかどうか分かりませんが」

後ろから呟いたのは村内だ。VIP控室の入口は、ポジションが固定されてきた。コンパクトな椅子に斑尾と三和が座って並び、その後ろで守本と村内が立って見ている。

「ミサイルは、まだ撃ってこないんじゃないかな。昨日、送りの時に司令官に聞いたんだけど、二〇一六年には、実際にもっと緊迫した状況だったらしい。ミサイルを撃てば、完《かん》璧《ぺき》に戦闘行為だから、その前のステップがあると思う」

斑尾の言葉に合わせるように、メインスクリーンにシンボルが浮かんだ。昨日と比べると大陸に近い位置で、尖閣に向かう目標が捉えられていた。E－2を前進させた成果だ。

運用課長の海老原が、即座にホットスクランブルを上申し、承認される。それだけでなく、接近中の機体が尖閣まで二五〇マイルの位置に達した時点で、第二編隊を上げることも上申、承認された。

「もう次を上げる予定にするんですね」

三和は、昨日との違いに驚いていた。

「基本的に、倍の数で対処することで、安全を確保しつつ、領空侵犯を阻止するって方針だからね」

映像を映しているスクリーンには、アラートハンガーから飛び出して行くＦ－15が映っていた。映像は実際の状況ではなく、雰囲気を出すために統裁部がビデオを流しているらしい。ＤＣによる警告の状況は、昨日と同じように忍谷が報告していた。

ＪＡＤＧＥ画面の中で、シンボルが接近して行く。Ｚ国側も複数編隊を上げてくる可能性も考えていたが、尖閣方面に出てきたシンボルは、一個編隊だけだった。最初にスクランブルした編隊が、後方に回り込もうとすると対抗機動で機首を向けてくるまでは、昨日と全く同じ状況だった。

「スパイク！」

ＳＯＣ内には、パイロットとＤＣの交信状況も流されている。あまり大きな音量ではなかったが、その叫びは、大きく響いた。斑尾は、拳《こぶし》を握りしめる。

運用課を中心に、緊張が走ったのは、幕僚の姿を見れば分かった。しかし、ＳＯＣの中では動きらしい動きはない。昨日の〝状況〟と同じように、ＤＣが退避を指示したことは、交信状況で分かった。ＪＡＤＧＥ画面の中では、進出していた対領侵編隊が、大きく右旋回していた。

「スパイクって、ロックオンされたって意味ですか？」

斑尾は、三和の質問に肯いた。

「搭載しているレーダー警報受信機《RWR》が警報を出すのよ。〝スパイク〟は、その時に使うブレビティ・コード」

正確にはSPIKEDだが、日本人の発音では、語尾はほとんど省略されている。

昨日の作戦会議で運用課が報告していた。ロックオンされた場合の対処要領は決められている。ＤＣは、それに合わせて指示を送っているのだ。対処要領が想定した範囲内の動きならば、ＳＯＣが新たに指示を送ることはない。ロックオンはされたものの、昨日の〝状況〟と同じような展開だった。

第二編隊が加速し、対象編隊に横から圧力を加えるのも、昨日と同じ動きだ。

「ロック」

またもや、ＳＯＣ内にパイロットとＤＣの交信状況が響く。

「今度は、こちらがロックオンしたって意味ですよね？」

斑尾は、質問にただ肯いた。ここで細かい説明をするため、状況の推移から目を離したくなかった。恐らく、今が示されている〝状況〟の山場なのだ。

ロックオンをしたとは言え、まだ対象機とロックオンした第二編隊との間には距離がある。必要以上に脅威を与えないためだ。問題は、ここから相手がどう出るかだった。

退避してくれれば良し、もしリスク覚悟で対抗、つまり両者ともに向き合ってロックオンするような事態になれば、極めて危険な状況になる。

斑尾だけでなく、意味を飲み込めているＳＯＣ勤務者の全員が固唾を呑んで見守っている中、対象機が動いた。

「対象機、左旋回。退避するもよう」

報告に続いて、ＪＡＤＧＥ画面の中でも、アンノウン航跡３０２４は、ゆっくりと左に進路を変えていた。そこかしこから、安堵《あんど》の息を吐く音が聞こえる。

しかし、まだ安心できる状況ではない。

「大丈夫なんでしょうか？」

三和の声も不安そうだ。

「後から上がった第二編隊が対象編隊をロックして、対象編隊を退避させた。おかげで安全を確保された最初に上がった編隊が、今は第二編隊のバックアップに入ってる。この辺の連携は、ＤＣのおかげね。ここから、対象編隊が反転して、どちらかの編隊に脅威を与えても、深刻な状況になる前に、もう一つの編隊が対象編隊をロックして、圧力をかけることができる」

斑尾は、まず今画面上に見えている状況を説明した。加えて、画面で見ることのできない背景も語る。

「それに、尖閣の西に出ているからZ国本土から三〇〇キロくらいしかない。地上のレーダーでこちらの動きも見えているはず。無理はさせないはず……」

ただし、それは相手が、我々と同じように考えるならば、という前提の下での話だ。完全に同じように考える相手ならば、そもそも衝突など起こるはずもない。

斑尾を含め、固唾を呑んで見守る中、対象編隊が尖閣空域から離れ始めた。

「RTBするみたいだね」

斑尾が胸をなで下ろしていると、背後で守本が疑問を口にする。

「普段の対領侵じゃ、ロックオンなんてしないですよね。もちろんOKだからやったんでしょうけど、どういう理屈だったんですか？」

その回答は、守本も目にしているものだが、理解できていないのだろう。説明してやらないと、今後のCPXは、ちんぷんかんぷんになるはずだ。

「それは、今朝になって付与された状況二六号に入ってるよ」

斑尾は、状況二六号が表示されたままになっている統裁部用のスクリーンを指さした。

「ＣＰＸは、昨日始まったばかりで、一日しか経っていないけど、〝状況〟の中では昨日の午後が始まる時に一〇日と今朝始まる時の五日が余計に経過している。それも合わせて都合一六日が経過したことになってる。Ｚ国が尖閣で我が国の主権を脅かしている以上、その間、政府としても手をこまねいていただけじゃなかったってこと。一六日じゃ、法律の変更は無理があると思うけど、〝状況〟として新たな部隊行動基準が適用されたことになってる」

部隊行動基準は、一般にＲＯＥ（Rules of Engagement）と呼ばれる。その時々の情勢に合わせ、軍事行動を主に政治的な配慮によって規制するものだ。一般的には、いくつもの段階に細分化し事前に定めておき、情勢に応じて適用するものが示される。

斑尾も、その部隊行動基準が許される法的理由はよく分からなかった。そうした法律の適用、解釈は防衛課の担当だ。ＣＰＸが終わった後にでも、栗原に教えてもらうしかない。

「それで、今適用されている部隊行動基準では、ロックオンされた場合には、ロックオンしてきたと思われる航空機、あるいは編隊にロックオンすることはＯＫになっている。領空外のロックオン根拠としては、対領侵じゃなくて、隊法九五条の武器等防護みたいね。ＣＰＸ前の報告会で、司令官が『ＣＰＸ参加者は、現行の法解釈ではなく、統裁部から示されるＲＯＥを準拠として行動を考えてもらいたい』って言ってたけど、こういう演練をしろってことだったんだと思う」

改めて考えてみると、斑尾にとっては、まだまだ分からないことだらけなのだった。

「でも、今回の〝状況〟は、少し楽だったかな？」

斑尾は、誰に聞かせるでもなく独りごちた。ロックオンされたことで緊迫したとは言え、淡々とROEに従って行動しただけだ。ずっと厳しい〝状況〟が続いたのでは疲れてしまう。少し中休みを入れてくれたのかもしれない。

接近してきていた編隊がE－2のレーダー範囲から消えると、先にRTBした第一編隊だけでなく、尖閣周辺でCAPを続けていた第二編隊にもRTBが命じられる。

そして、昨日と同様に作戦会議が行われる予定となり、幕僚が準備に追われていると統裁部用のスクリーンが、動画に切り替わった。

テレビアナウンサーらしき人物が、中国語を話していた。表示されている地図や写真から、先ほどの状況をZ国が報道している様子なのだと分かる。よく見ると、画面の左上に『状況付与二九号』と書かれていた。

「そういう〝状況〟だったのか……」

斑尾の口からは、苦悶《くもん》の呟きが漏れた。甘かった。三日間しかないCPXで、中休みなど与えてくれないのだ。

今回の〝状況〟は、航空機を上げての対処や待機の増強といった部隊の態勢を検討させることよりも、世論対処を意図したものだったらしい。

作戦会議の後で、こちらでも、ロックオンされたことをアピールする記者会見をやるはずだった。先を越されたことになる。中国語だったので、斑尾に内容は分からなかったが、事実の通りとは思えなかった。

意表を突かれたのは、斑尾だけではなかったようだ。SOC内が騒がしくなり、栗原など何人かの幕僚が動き回って、溝ノ口や馬橋に耳打ちするようにして報告している。最終的に、栗原がマイクを持つと予定変更を告げた。

「作戦会議に先立ち、緊急で記者会見を実施します。Z国の報道に関しては、調査課で翻訳中。関係者は直ちに記者会見の準備にかかって下さい」

斑尾としては、今回こそ水畑の手伝いをした方が良さそうに思えたが、それどころではなかった。逆に、追及する側に回らなければならない。

登庁後、溝ノ口は、すぐに目黒に伝えたらしいが、状況再興の前に統裁部に行くと、航空〝状況〟の現示後に来てくれと言われてしまっていた。

斑尾は、昨日と同じように、お茶出しを副官付の三人に頼み、自分は統裁部に向かった。

「おう、入ってくれ」

今度は、統裁部室に招き入れられた。SOC隣接の多目的室の一つだが、大机が並べられ、多数の電話とPCが置かれている。それらを臨時に設置するためのケーブルが、縦横無尽に張り巡らされていた。床はもちろん、天井からも多数のケーブルが垂らされており、ケーブルのジャングルに迷い込んだようなものだった。

目を丸くしていると、記者役を任されているという九空団の幹部を紹介される。

「九空団の田端《たばた》三尉です。よろしくお願いします」

やはり、統裁部に支援で来ていたらしい。

「すみません。私が十分にやれていないので、ご迷惑をかけてしまったそうで……」

「気にしないで。三尉じゃ無理もないよね。CPXだけでも大変なのに、司令官への質問役なんて、私も副官になる前だったら、ちゃんとできたかどうか分からない」

田畑と打ち合わせる。統裁部は、現示する〝状況〟が分かっているので、質問もあらかじめ準備してあった。ただ、司令官の返答に合わせた質問は、アドリブでやるしかない。昨日の状況では、予定していた部分はできたものの、気後れしてアドリブができなかったそうだ。

「じゃあ、予定している部分は、田畑三尉が予定どおりやってもらっていいかな。私は、その間に、アドリブでの追及を考えるから。私がアドリブをやっている間に、それに合わせたアドリブを考えてもらってもいいし」

田畑は「分かりました」と答えて資料を差し出してきた。

「予定している質問事項です」

水畑といっしょに作った、テレビプロデューサー相手の想定問答のようなものだ。ただし、斑尾のポジションは逆になるし、相手は溝ノ口だ。強敵だが、相手を知っているという利点もある。斑尾は、記者会見の開始まで、想定問答を考えた。大切なのは、護国寺が言っていたように、状況の人、役者になることだ。斑尾は、インタビューでやってきた琉《りゅう》球《きゅう》テレビのプロデューサー、宮里《みやざと》のことを思い出した。ジャケットを羽織り、黒縁のメガネをかけた一見真面目《まじめ》そうな意地の悪い男だ。彼になった気持ちで考えた。

＊

記者会見は、前日のものと様相が違った。Z国が先に報道していたからだ。

前日は、淡々と事実関係を述べていた。主体的に会見できていた。自《おの》ずと、質問も溝ノ口が発表した内容に沿ったものとなっていた。

今回は、Z国の報道内容が誤っていることを主張しなければならない。最も重要な点は、どちらが先にロックオンしたかだ。

「対領空侵犯措置のため、那覇基地から二つの編隊を発進させています。先行する第一編隊が、尖閣諸島領空に接近していたZ国から発進した対象編隊より、空対空ミサイルを発射するためのロックオンを受けました。この編隊が安全確保のため退避すると同時に、第二編隊が急行し、規定に基づいて対象編隊をロックオンすることで当該編隊の我が国領空への侵入を防止しました。Z国の報道では、我が国の航空機が先にロックオンしたとされておりましたが、これは事実ではありません。第一編隊がロックオンを受けた事実は、レーダー警報受信機が検知・発報しており、記録も残っております」

溝ノ口は、事実関係を端的に語り、記者に分かり易いように説明していた。前日と変わり、模型の一部は水畑が操作している。

質問の時間になると、田端が予定していた質問を投げかけた。

「Z国は、我が国が先にロックオンしてきたと報じています。司令官の発表は、Z国報道と異なりますが、何かの間違いがあった可能性はありませんか？」

「先ほどもお伝えしたように、レーダー警報受信機が検知・発報しております。Z国航空機が先にロックオンしてきたことは間違いありません」

最初の質問は、言質を取って追い詰めるための第一歩だ。田端は、問いを予定していた次の段階に押し上げる。

「Z国は、捜索レーダーを使用しており、我が国がこれをロックオンと勘違いした可能性が考えられると発表しておりました。司令官が先ほどおっしゃったレーダー警報受信機が、誤った警報を出した可能性はないでしょうか？」

「その可能性はないと考えております。レーダー警報受信機は、受信したレーダーの情報と、内部に登録したデータを照合して警報を出すものです。当然、多くのデータを収集し、これをもとに登録するデータを作成しております。近年のZ国による多くの航空活動から、我が国は正確なデータを作成しております。間違いはなかったと確信しております」

溝ノ口がレーダー警報受信機《RWR》に登録していると言ったデータは、スレットテーブルと呼ばれている。これは、YS－11EBやRC－2といった電子偵察機（自衛隊では電子測定機と呼称）だけでなく水上艦艇、そして潜水艦などが収集した電波のデータをもとに、戦闘機が認識するべき危険な電波を選んで登録したものだ。パソコンで使用するウイルス対策ソフトにダウンロードされているウイルスのデータベースのようなものと言えた。

たとえ戦闘機が、高度なレーダー警報受信機《RWR》を搭載していても、このスレットテーブルが不十分では、危険を認識することなく撃墜されることになる。

田端の質問は、これとは逆に、危険ではない捜索レーダーの電波情報が、誤ってスレットテーブルに登録されていたのではないかという質問だった。

「しかし、自衛隊はその証拠を開示してはおりません。証拠を示せないのは、何らかの誤りがあったためではないのでしょうか」

Z国の報道は明らかな言いがかりだった。しかし、それを覆す証拠は、極秘データであり、それを明らかにすることなどできない。そして、記者役の田端の言葉も、公開できないことを当て込んだ言いがかりだった。中国と我が国の報道がタッグを組む状況は、現実にも見られる憎々しい状況だ。統裁部は、意図的にこの〝状況〟を現示したのだろう。

「証拠は存在しますが、秘匿度の高いデータであり、これを開示することは、我が国の防衛能力を低下させることになります。そのために公開できないのです。Z国の報道こそ意図的な虚偽報道です」

溝ノ口の返答は、あたりさわりのないものだったが、結果として苦しげに見えてしまっていた。しかし、これ以上の情報開示はできない。どうしようもなかった。

昨日と比べると、田端の追及は鋭いものになっている。だがそれは、現示された〝状況〟自体が、この記者会見の演練を行うことを意図したものだったからだ。それを考えれば、追及はまだ足りない。事前準備してあった田端の追及プランは、これでネタ切れだ。後は、斑尾がアドリブで頑張らなければならない。司会役の水畑に指名されるのを待って立ち上がった。

「沖縄新報です。先ほど、Z国による航空活動からデータを作成しておられるということでしたが、航空自衛隊が保有しているそうしたデータ収集を行う航空機は、YS－11型機かと思います。老朽化しているため、性能が不十分で、結果的にデータが不十分だった可能性があるのではないでしょうか？」

多少なりとも勉強しているジャーナリストなら、電子測定機YS－11EBが、機体、搭載電子機器ともに老朽化していることは知っているはずだ。

「確かに、電波情報を収集するYS－11EBは、更新が迫っておりますが、後継機である

RC－2の配備も始まっております。十分な収集はできております」

溝ノ口は、会見の参加者やそれを見るであろう視聴者への分かりやすさを考慮してRC－2に言及したのだろう。しかし、会見で追い詰めようと意図している者がいる場合には、悪手であるはずだ。斑尾は、更に踏み込んで質問する。

「RC－2によって十分な収集ができているとのことですが、RC－2は沖縄に飛来したケースがあるのでしょうか？」

溝ノ口は、RC－2が収集したデータを使用したとは言っていない。しかし、溝ノ口がRC－2に言及したことを受けて、斑尾は、収集したのはRC－2だったと思い込んでいるかのように質問した。この会見を見ている者には、まるで溝ノ口がRC－2が収集したデータを使用したと言ったかのように印象付けることができる。

「あ、いえ。RC－2は、十分な航続距離を持つため、必ずしも那覇に着陸する必要はありません。入間《いるま》基地から発進して、Z国航空機の収集活動を行うことが可能です。それに……」

溝ノ口は、なおも言い添えようとしている様子だった。斑尾は、それよりも先に追加の質問をねじ込む。

「そうだとしても、RC－2は二〇二〇年の一〇月に配備されたばかりです。その後、尖閣空域で十分な収集活動ができたとは考え難いのですが、この点はいかがでしょうか？」

斑尾は、またもや溝ノ口が口にしていないことを、さも当然であるかのようにして質問した。しかし、これには溝ノ口が引っかからなかった。

「必要なデータは、必ずしも尖閣空域で収集しているわけではありません。どこでということは申し上げられませんが、むしろ別の地域で多く収集しています」

「分かりました。ですが、配備から間もないことは間違いありません。データが不十分だった疑いは、ぬぐえないと思いますが、いかがでしょうか？」

「RC－2は、最新の電子測定機で、優れた収集能力を持っておりますが、YS－11EBは、こと収集において必ずしも劣っていたわけではないのです。収集したデータは、分析することで初めて使用可能なデータを取り出すことができます。RC－2は、機上で分析もすることで、余分なノイズなどを取り除き、真に収集すべきデータを識別することができます。それによって、効果的な収集活動が可能になっています。長時間飛行可能な機体性能もそれを助けています。RC－2を、デジタル音声処理の可能な録音スタジオだとすれば、YS－11EBは、生音の録音しかできないテープレコーダーだと思って頂ければイメージし易いかと思います。YS－11EBが持ち帰ったデータでも、着陸後に解析することで、必要なデータの取得ができていたということです。本件、Z国航空機がロックオンする際の電波に関しては、YS－11EBで収集したデータ、それに航空自衛隊だけでなく、海上自衛隊などが収集したデータも踏まえてレーダー警報受信機に登録するデータが作られておりました。Ｚ国航空機から先にロックオンされたことは間違いありません」

溝ノ口は、正確に答えるつもりなら、最初からこのことを言った方が良かったはずだ。これを最初に答えていれば、斑尾が最初にしたような突っ込み方はできない。しかし、分かりやすさを優先してＲＣ－２に言及した。これが本当の記者会見であれば、視聴者の中には、空白が必要なことをやっていなかったと感じる人もいるだろう。

この点をさらにゴネることもできるはずだ。しかしＣＰＸの中で、単に声高にゴネるだけのことをしても意味がない。話題を切り替えることにした。他の点でも、悪意ある追及が可能だと思えたからだ。

「ありがとうございました。では、もう一つ伺いたいと思います。本日、Ｚ国から飛来した航空機は、Ｚ国の報道では、Ｓｕ－30ＭＫＫだったと報じられています。南西航空方面隊の発表でも、同型機だと推定していたとのことですが、ロックオンしてきたミサイルについては発表がありませんでした。レーダー警報受信機によってロックオンを感知されたとのことでしたので、レーダー誘導ミサイルでのロックオンを受けたということで間違いないでしょうか？」

「本日接近してきていた機種については、搭載されていたミサイルを含め、目視での確認には至っておりません。そのため、機種についてはレーダーでの情報などを勘案した推定です。搭載されていたミサイルについても推定となりますが、レーダー誘導ミサイルであることは間違いありません」

　赤外線誘導ミサイルを射撃する際でも、レーダーが使用されることがある。それでも、レーダーによらない誘導が行えることは赤外線誘導ミサイルの強みの一つだ。レーダー警報受信機《RWR》での警報が出る以上、レーダー誘導ミサイルであることは普通に推定できる。

　そもそも、斑尾は、つい先ほどまでプレーヤーである司令部の一員だったのだ。南西空司令部が、レーダー誘導ミサイルであるR‐77でのロックオンを受けたと認識していることを知りながら質問していた。

　溝ノ口が、レーダー誘導ミサイルであることを明かしたのは、相手にある程度の軍事知識がある場合、推定できることまで秘匿すれば、余計な疑念を持たれるからだ。

　これで、外堀が一つ埋まった。斑尾は、更なる質問を投げかける。

「各種資料では、Su‐30MKK型機は、R‐27とR‐77の二種のレーダー誘導ミサイルを搭載可能とされています。このどちらからロックオンされたのか、教えて頂けないでしょうか。自衛隊がロックオンされたと発表した以上、Z国の認識では、我が国が所要のデータを保持していると認識したはずです。隠す意味がないと思われますが、いかがでしょうか？」

　斑尾は、自身の本音として、これを隠すことに意味はないと思っていた。しかし、防衛省が公開する情報は、目で見れば分かるものがほとんどだ。統裁部が演じる空幕からも、ミサイル種別は公開しないように指示されている。

「ミサイルの種別については、現時点で公表致しません。詳細を公表することで、我が方の能力を知られることを防止するためです」

斑尾は、空幕が非公開を指示しているとの内容の状況付与を認識した上で質問していた。溝ノ口が、公開できないことを知った上での質問なのだ。溝ノ口の回答は、指示に従うという点で正しい回答だった。しかし、先に斑尾が隠す意味がないといったことで、やましい点があるかのような印象になっていた。

「分かりました。ですが、Ｓｕ－30ＭＫＫ型機は、最新の戦闘機ではありません。搭載されているミサイルも未知の新型ではないでしょう。やはりＲ－27とＲ－77なのではないでしょうか。しかも、Ｒ－77だとすれば、南西航空方面隊の発表と矛盾します。Ｒ－77には、いくつものタイプがあるようですが、ロックオンするためのシーカーは、目標を捉えることのできる範囲が一六キロ、もしくは二〇キロとされているようです。長い方の二〇キロだったとしても、最大で一〇〇キロを超える射程を持つＲ－77としては、非常に近い距離です。先ほどの発表では、安全な距離を保っていたとおっしゃっていました。本当にロックオンされていたのだとすれば、二〇キロ以内に接近していたことになります。とても安全とは思えません。なぜ隠すのでしょうか。これまでも防衛省の隠ぺい体質は問題とされていますが、ここまで隠すということは、発表の一部に虚偽があるのではないでしょうか。Z国の発表の方が正しいのではないでしょうか？」

これも、言いがかりだった。中途半端に軍事知識のある記者やマニアが時々やっている誤解を利用した言いがかりだった。もっとも、記者が誤解を基に言っていたとしたら、それは、言いがかりとは言えず、単なる誤解ということになる。だが、斑尾は、明らかに正しい認識を持ちながら、誤った解釈で溝ノ口を追及していた。

誤解はロックオンという言葉にある。軍事用語であり、明確な定義はない。もともとは、記者役の斑尾が言ったように、ミサイルの目、シーカーと呼ばれるセンサーが目標を捉え、それに狙いを定めることを言っていた。

小さなミサイルに搭載されるセンサーであるシーカーは、機上レーダーなどの航空機に搭載されているセンサーと比べれば性能が良くない。ミサイルとして使い捨てにされることを考えてもなおさらだ。性能が良くないため、シーカーが捉えることができる距離は遠くない。

ミサイルが発展し、射程を伸ばす上で、これがネックとなった。そのため、ミサイルが発射され、目標に近づいた後で、シーカーがロックオンする発射後ロックオン《LOAL》（LOAL＝Lock-On After Launch）方式のミサイルが出現する。

R－77のような、ミサイルのシーカーから電波を放出し、それを捉えるアクティブレーダーホーミングのミサイルでは、この発射後ロックオン《LOAL》方式の方が一般的だ。R－27のような、戦闘機のレーダーから電波を放出し、その反射波をミサイルのシーカーが捉えるセミアクティブレーダーホーミングのミサイルでも、最近のものは発射後ロックオン《LOAL》方式を備えているものが多い。

一方、ミサイルの性能が上がっていることもあり、発射されたミサイルのシーカーで捉えられた状態から、航空機がこれを回避することは難しい。速度の乗っているミサイルであれば、二〇キロの距離など一〇秒少々で到達してしまう。

「記者の方は誤解をされています。レーダー警報受信機は、ミサイルが発射される前、戦闘機のレーダーがミサイル発射のための精密なレーダー追随を行っている段階のレーダー波を捉えて警報を出しています。この精密な追随を行うレーダー波を捉えることもロックオンと呼んでいます。これを行わないと、ミサイルの回避が間に合わないからです」

「つまり、今回Z国は、R－77でのロックオンを行ってきたということですか？」

「あ、いえ。R－27でも、ミサイルの発射前に警報を出しています。レーダー警報受信機は、いずれのミサイルに対しても、発射前に警報を出すことができるということです。詳細はお伝えできませんが、レーダー警報受信機が警報を出す段階をロックオンと呼んでいると理解していただければ、よろしいかと思います」

二〇一八年に能登半島沖の日本海で、韓国海軍の駆逐艦「広開土大王」（クァンゲト・

デワン）が海自のP－1哨戒機にレーダーを照射した。この韓国海軍レーダー照射問題も、これと近い構図だった。レーダー警報受信機《RWR》が警報を発していたため、日本側はロックオンと認識し、韓国は捜索レーダーしか使用していないと強弁していた。

斑尾は、ここで追及を打ち切った。溝ノ口の説明は適切だった。しかし、実際に視聴者がいたら、苦しい返答に見えたはずだ。印象は悪化していただろう。

＊

記者会見が終わると、すぐに作戦会議が始められた。彼我の行動を運用課がまとめ、調査課の亀居が、その意図分析を報告する。

「Z国が、迅速に放送を行ったことから、ロックオンは、偶発的なものではなく、尖閣周辺における一連の航空活動を新たなステージに押し上げるものだと言えます。しかし、こちらからのロックオンに対して素早く退避したことからも、現段階ではまだ戦闘を意図してはおらず、領空侵入を積み重ねることで日本による実効支配の度合いを低下させる目的だと思われます。この点は、Z国の報道において『Z国が領有権を持ちながら、日本が公然と航空活動を行っている』といった表現が用いられていることからも推察されます。その一方、航空戦力の集中などは行われておらず、現段階では、少なくとも大規模な航空作戦は意図していないと思われます」

亀居は、Ｚ国の地図を表示し、沿岸域に機動可能な航空部隊に動きがないことを示した。そして、最後に、注意を促す。

「ただし、徐々にではありますが、エスカレーションが図られており、今後に備え、我が方の情報収集を意図している可能性もあるため、留意が必要です」

亀居の次に演台に立ったのは、防衛課の栗原だ。

「政府、総隊からの命令に変更はなく、実効支配継続のための厳正な対領侵措置が命じられています。Ｚ国がロックオンに至ったことにより、部隊行動基準に基づき、我が方としてもロックオンは可能ですが、領空侵入時の警告射撃を除き武器の使用は許されておりません。しかしながら、領空外も含め、偶発戦闘の恐れが高まっている上、現在搭載しているスパロー《ＡＩＭ－７》では、十分な圧力とはならない可能性があります。現時点では空対空ミサイル《ＡＡＭ》とスパロー《ＡＩＭ－７》を搭載させていますが、これに換えてアクティブホーミングのＡＡＭ－４ないしはＡＭＲＡＡＭ《アムラーム》を搭載させるか検討が必要です」

　それだけ言うと、栗原は演台から降りた。代わって演台に向かう者はいない。しかし、画面が切り替わり、各ミサイルの写真と性能諸元がリストで表示された。マイクを握ったのは、運用課の小森だ。

「ＡＡＭ－４とＡＭＲＡＡＭ《アムラーム》が、現状で搭載しているスパロー《ＡＩＭ－７》と最も異なるのはアクティブレーダーホーミングであり、撃ちっ放し性能を持つことです。そのため、もし偶発的な戦闘が発生した場合でも回避に移りやすく、スパロー《AIM－7》と比較し、被撃墜の可能性を大幅に下げることができます」

そう言うと、小森は、それぞれのミサイルの細かな性能を報告し始めた。

「副官、基本的なことを聞いてすみません。時々聞くんですが、撃ちっ放し性能ってどういう性能なんですか？」

ミリタリーマニアなら、答えを知っている者はいくらでもいそうな問いだったが、自衛官でも知らない者は多い。斑尾自身、入隊した後で知った。三和の不勉強を非難するのではなく、教えてやらなければならない。後ろに立っている守本と村内も、心なしか近づいてきている気がする。もしかすると知らないのかもしれない。

「たぶん、撃ちっ放しじゃないミサイルの方を先に説明した方が分かり易いね」

斑尾は、指先を伸ばした左手を航空機、右手の人差し指をミサイルに見立てて話し始めた。

「スパロー《AIM－7》なんかがそうだけど、セミアクティブレーダーホーミングのミサイルは、撃ちっ放しじゃない。セミアクティブは、ミサイルの発射母機が、機体に搭載しているレーダーから電波を放射して、その電波がターゲットに当たって反射してきた電波を、ミサイルのシーカーが捉えて、それを目がけてミサイルが飛んで行く。だから、ミサイルを発射する前から、搭載レーダーから電波を照射しなけりゃいけないし、発射した後も、ミサイルが命中するまで照射を続けなきゃいけない」

三和は「なるほど」と呟いて理解した様子だったが、説明はまだ半分にも到達していない。

「で、これが最も重要な点なんだけど、航空機の搭載レーダーって、基本的に前方にしか照射できない。何せほとんどの場合、機首のノーズコーンの中に入っているし、機械的に方位を振るのは限度がある。電子的に電波を振るフェイズドアレイ方式のレーダーの場合も正面から六〇度くらいが限界になるからね。そして、前方にしか照射できないレーダーを命中まで当て続けなきゃいけないってことは、ミサイルを撃たれていても、回避できないってこと」

今度は、三和も肯いただけだ。まだ撃ちっ放しの話はしていない。説明は、ここでやっと半分なのだ。

「一方、アクティブレーダーホーミングのミサイルは、ミサイルのシーカーから電波を放射して、その反射波をシーカーが捉えて、ミサイルが誘導される。だから、シーカーがターゲットを捉え、つまりロックオンしてミサイルを発射すれば、発射の直後から回避行動を採ることができる。これが撃ちっ放しってこと。ミサイルの発射後にロックオンする場合は、ロックオンするまでは、機体のレーダーで目標を捉えて、位置情報をアップデートしてやらないと、躱《かわ》されちゃうけどね」

「そういうことなんですね」

そう口にした三和だけでなく、後ろに立っていた守本も納得した顔だ。レーダーの整備員だった村内は、さすがに知っていたのか、斑尾の説明よりも、ミサイルの詳細性能を報告している小森の言葉を聞いているようだ。斑尾も、視線をスクリーンに戻して、小森の報告に耳を澄ませた。

「以上が、各ミサイルの性能です。アクティブホーミングのＡＡＭ－４ないしはＡＭＲＡＡＭ《アムラーム》を搭載させるか検討するにあたり、考慮しなければならないのは、撃ち放しというメリットがある反面、必ずしも戦闘が前提ではない対領侵措置においては、デメリットも存在することです」

斑尾は、横に座る三和の顔をのぞき見た。案の定「え？」とでも言いたげな顔をしているが、説明するとしても、小森の報告を聞いた後の方がいいだろう。

「スパロー《AIM-7》は、ベトナム戦争、湾岸戦争など、多くの実戦で使用された他、自衛隊でも相当の実ミサイル射撃訓練を行っております。Ｚ国は、スパロー《AIM-7》に関する相当量のデータを持っていると思われ、レーダー警報受信機《RWR》用のスレットテーブルは準備ができていると思われます。また、必要以上の脅威を感じさせずに済むため、偶発的戦闘を惹起《じゃっき》する可能性も低いものと考えます。一方、ＡＡＭ－４とＡＭＲＡＡＭ《アムラーム》については、ミサイルの発射前に機上レーダーからの捕捉電波でレーダー警報受信機《RWR》を作動させるためのスレットテーブルは、持ち得ていない可能性もあります。このため、これらを使用した場合、ミサイルシーカーでのロックオンをしない限り、Ｚ国戦闘機はロックオンされたことを認識しない可能性があり、彼我が必要以上に接近してしまう恐れがあります。この場合、偶発戦闘の危険性も高まります」

小森は、日本周辺でのＡＡＭ－４とＡＭＲＡＡＭ《アムラーム》の実射撃訓練の実績を報告し始めた。中国が、データを取得した可能性の裏付けデータだ。斑尾は、三和に目を向けた。

「小森一尉の話は、理解できた？」

少し難しい話かもしれないが、斑尾が説明したことを理解できていれば、小森の報告にもついて行けたはずだ。

「ちょっと自信がないですが、分かったような気がします」

一気に理解させるには酷な内容だ。おぼろげでも理解できていれば御の字だろう。演台に目を向けると、小森は、別の懸念を報告し始めた。

「また、先ほど調査課の報告でもあったとおり、Ｚ国は事態のエスカレーションにより、このＡＡＭ－４とＡＭＲＡＡＭ《アムラーム》についてのデータを欲している可能性も考えられます。特に、このまま事態がエスカレーションした場合、本邦が投入できる質的に最上位の戦力はＦ－35プラスＡＭＲＡＡＭ《アムラーム》となります。現段階での抑制されたエスカレーションは、本邦がＦ－35を投入した場合における質的優位を勝ち取るため、現段階でＡＭＲＡＡＭ《アムラーム》、及び

AAM－4を使用させることを意図している可能性について留意が必要と考えております」

この報告には斑尾も驚いた。確かに、亀居は、Z国の行動が、我が方の情報収集を意図したものである可能性を指摘していた。強力な戦力でも、対応策を打たれてしまえば効果は低下する。性能を秘匿してこそ、優位性を保つことができる。

「ビックリですね」

三和の言葉に、斑尾も肯いた。

「将来のことを考えて、強力な兵器を温存することも必要なんだね」

部隊にいた時には持ち得ない視点だった。部隊にいれば、最高の性能を持った兵器を追求して欲しいと思うものだ。予算の制約があることは仕方ない。だが、上級部隊がこんなことを検討しているとは考えてこなかった。斑尾が、まだまだ勉強が必要だと考えている内に、幕僚の報告が終わったようだ。溝ノ口がマイクを手にしていた。

「偶発戦闘が発生する恐れがあるため、搭載するレーダー誘導ミサイルについては、その半数をAAM－4ないしはAMRAAM《アムラーム》とする。ただし、Z国の意図が情報収集である可能性を考慮し、極力AAM－4を搭載するように。さらに、その使用は、偶発戦闘が発生した場合のみとし、領空への接近阻止には、基本的にスパロー《AIM－7》を使用する」

溝ノ口は、ここで言葉を切った。何か恐ろしい言葉が出てきそうと感じて、斑尾は固唾を呑む。

「今後、Z国戦闘機による領空接近が激化する恐れが高いだろう。偶発戦闘が発生すれば、先ほどのように、逆に政治利用される可能性もある。任務の達成は必要だが、偶発的な戦闘発生は厳に避けなければならない。各自、細心の注意を払って事に臨んでもらいたい。以上」

溝ノ口がマイクを置き、栗原が作戦会議の終了を告げた。幕僚が一斉に動き始める。

しかし、ほどなくして、またしても状況中止となった。間もなく昼食時間なので、当然と言えば当然なのだが、盛り上がってきたのに状況中止となるのは、なんだか肩すかしをくらったような気がする。

斑尾は、慌てて食事に向かう溝ノ口の後に続いた。

＊

「統裁官指示、状況再興、タイム一三〇〇I。同時刻、状況三〇号付与」

状況再興とともに、また新たな〝状況〟が付与される。今度も五日間が経過したこととされ、その間も午前中と同じような経過をたどったとされた。

斑尾は、定位置に腰掛けると呟いた。

「今度はどうなるんだろう？」

「ロックオンより上となると、撃ってくるしかないんじゃないですか？」

同じく定位置についた三和は、すっかり観戦者を決め込んでいる。〝状況〟が現示されている間は、副官としての仕事は本当にない。機を見てお茶を出すか、溝ノ口か馬橋が手を上げ、こちらを呼ばない限り、待機しているだけだ。実戦であれば、ＶＩＰを交代で休息させるための手はずを整えるなどの仕事があるはずだが、今回のＣＰＸでは、それも必要がなかった。

「どうだろうねぇ」

斑尾の呟きと同時に、ＪＡＤＧＥのスクリーンに航跡が映った。

「ＩＰ、二航跡、共にサイズ二《ツー》。合計四機が尖閣方面指向中。こちらも対応して二《ツー》フライトを上げます」

尖閣方面で領空侵犯の恐れがある航跡に対しては、倍の機数で対処するという基本方針ができている。一個フライトは、二個エレメント、つまり二個編隊で構成されている。Ｚ国エレメントには、フライトを当てることが決められているため、忍谷がスクランブルすることを含めて報告していた。異論を唱える者が出ない限り、最速で動き出す。

それでも、すぐにランウェイに出て行く機体は四機、二個エレメントだ。

「ターゲットの二航跡、３６６７と５４２３は、約三〇マイル離れています。フライトとして行動していない可能性があるため、尖閣への接近阻止を最優先とし、先発の二個エレメントは、それぞれの航跡に指向します」

これも忍谷の報告だ。運用課とＤＣの関係は、今ひとつよく分からなかったが、忍谷がＤＣと話している状況を見ると、ＤＣが方針を忍谷に伝え、ＳＯＣ内で報告することで司令官の承認を取っているように見えた。

ＤＣの戦術に関する責任者は、ＤＣを運営する防空管制隊の隊長ではなく、その時の当直と言うべきシニアディレクターだ。そのシニアディレクターが忍谷に報告しているのだろう。

四機が離陸し、ＪＡＤＧＥ画面にシンボルが表示されると次の四機がタクシーウェイに飛び出して行く。これだけで八機。アイランと呼ばれる定期整備で小牧《こまき》にある三菱《みつびし》の工場に行っている機体などもあるため、一個飛行隊の航空機数は一八機前後だ。その上、部隊での定期整備やアンスケで非可動の機体もある。八機が飛び立てば、飛行隊の半分が飛んでいるようなものだった。そして同時に、飛び立ってしまった分の地上待機の補填《ほてん》が行われている。これだけで一個飛行隊、那覇の半分の戦力が割り当てられてしまった状況だった。実働演習であれば大変だ。

斑尾は、ここからどうなるのだろうかと注視していた。那覇から尖閣までは距離があるため、上空をマッハで飛んでいても、接触までには時間がかかる。ＳＯＣには緊張感が満ちていても、意外なほど静かだった。画面の中で、シンボルがゆっくりと接近していった。

「何だか、あんまり違いませんね」

同じようにSOCを眺めている三和が呟いた。守本と村内は、とっくに引っ込んでしまっている。記者会見で斑尾が追及したことも影響したのか、溝ノ口は、偶発戦闘の発生とそれが政治利用されることを警戒し、細心の注意を払うようにと指導していた。

対象機編隊と接近しても、十分な距離を保ちつつ、ロックオンされた場合には速やかに退避し、連携する編隊が距離を保ったまま対抗してロックオンしている。

「そうだね。機数が増えただけで、午前とあまり代わり映えしてないね」

だが、そろそろZ国の編隊も、那覇から上げた編隊もビンゴになるというタイミングで、Z国の沿岸に、別の航跡が現れた。また一個フライト四機だった。上がっている編隊では、当然燃料が保たない。忍谷は対応するために新たに二個フライト八機のスクランブルを報告する。忍谷が対応しているのは、今現在画面上に見えている状況への対応だ。そして将来の状況に対応するため、運用課長の海老原が自ら報告した。

「九空団に、全ての飛行訓練を中止させ、対領侵に全力対処させます」

すぐさま溝ノ口が肯いた。八機がRTBを始め、八機が新たに上がっている最中だ。もう既に、一個飛行隊がまるまる上がっている状況だった。

「大丈夫なんでしょうか。もっと来たら、厳しくなりますよね？」

横で見ている三和でさえ、不安な表情をしている。

「これ以上来なければ、もう少しは保つんじゃないかな。尖閣の領空は狭いエリアだから、これ以上多くの機体を出すと混乱しちゃうと思う。Zが無理に突っ込んできているわけじゃなく、向こうも偶発戦闘は避けているように見えるから、このままなら、もう少しの間は大丈夫」

だが、しばらくすると、その前提は崩れた。JADGE画面上に尖閣に向かう新たな航跡が現れ、忍谷がDCからの細部情報を報告する。地上待機の補塡は、九空団がすぐに開始したはずだが、それまでは、飛行訓練も行っていたという想定だ。すぐにまたスクランブルさせることは難しいかもしれない。運用課は、にわかに騒がしくなり、パイロットの小森を中心に、確認、調整の電話をかけている。相手は、九空団役の統裁部だろう。

「五分で上がれるのは四機。次は確認中」

小森が報告していた。新たに八機を上げてしまったばかりなので、やはり地上待機機の補塡はしきれていなかったようだ。これが現実であれば、目の色を変えて再発進準備を行っているところだろう。小森の報告を受けて、海老原が即座に吠《ほ》えた。

「倍の機数で対処を続けることは不可能です。予備として地上待機させる機体の確保も欠かせません。可能な限り数的優位を保ちつつ、柔軟に対処させます」

南西空の航空機戦力は、二個飛行隊分だけだ。自前の戦力だけが前提では、選択肢はない。溝ノ口が肯くと、海老原が忍谷と話し始めた。これ以上は、スクランブルさせずに、地上待機機を維持するようだ。全てを上げてしまえば、その次に来た航跡には全く対処できなくなる。既に上がっている編隊の割り当て変更を行うのだろう。

「総隊との調整状況は？」

溝ノ口が、馬橋とは反対側に座る防衛部長、幸田に問いかけた。本来は、目黒の席だが、目黒が統裁官になっているため、幸田が座っている。

ＣＰＸの開始直後から、上級部隊である航空総隊に対しては、戦力の増強や政府として使えるリソースの提供を調整していた。

「ＲＯＥの変更については、総隊や幕でもシステムをモニターしているため、状況に応じて判断されます。戦力増強に関しては、那覇基地の受け入れ余力の問題もあるため、航空機の増強ではなく、那覇以外の飛行場使用とＦ－35搭載の『いずも』の進出が検討されています。詳しく報告させます」

演習上の特別想定として、すでに海自の護衛艦『いずも』でＦ－35が運用可能とされていた。その『いずも』が進出してくる可能性もあるようだ。

詳細を報告するため、演台には栗原が立った。

「報告します。部隊行動基準については、現状の武器等防護を根拠とした自衛及び僚機防護のための武器使用に加え、領空への侵入を強行された際には、対領侵を根拠として武器を使用することが検討されています。しかしながら、過去の政府答弁において、繰り返し正当防衛、緊急避難が要件であると回答されています。現場が無人島である尖閣であること、及び撃ち放し性能を持つミサイルが使用される可能性が高いことを鑑《かんが》みると、現段階での適用は難しい上、適用されたとしても実効性に問題が残ります」

栗原は、ＪＡＤＧＥにより航空現況が表示されているメインスクリーンではなく、サブスクリーン上にポンチ絵を表示し、説明を始めた。三和が「副官」と声をかけてくるが、斑尾は視線をスクリーンに向けたまま、首を振って分からないことをアピールする。斑尾も司令部に来たばかりだ。武器の性能に関する話は分かっても、部隊の行動に関する法的な話は、栗原の説明を聞くしかなかった。

「武器等防護、対領侵ともにですが、危害許容要件が正当防衛、緊急避難であるため、自機もしくは僚機が攻撃を受けそうになっている状況であれば、空対空ミサイル《AAM》等で攻撃が可能です。しかしながら、Ｚ国が撃ち放し性能を持つ空対空ミサイル《AAM》を使用し、ミサイルの発射後に母機が退避に移っている状況では、正当防衛、緊急避難の要件を満たさない可能性が大です。たとえ発射されたミサイルが飛翔《ひしょう》中で、急迫不正の侵害であるとしても、既に退避中であれば、この時点で攻撃しても空対空ミサイル《AAM》による攻撃を防ぐことはできないことから、正当防衛等の要件である必要性があるとは言えず、権利の防衛とも言えない可能性があるためです。Ｚ国戦闘機が、撃ち放し性能を持つ空対空ミサイル《AAM》を使用している場合、初弾の発射後、次弾も発射される危険性がある状況でないと、正当防衛、緊急避難が確実に成立するとは言えません」

栗原は、図を使って詳しく説明していたが、そもそも使用されている用語がよく分からない。なんとなく、かなりシビアな状況でしか攻撃できないということしかわからなかった。

「ただし、空中の状況については、我々とZ国軍しか把握する能力がないため、強弁することは可能かもしれません」

栗原は、最後に怪しげなことを報告していたが、それは溝ノ口に否定された。

「それを一度でも行えば、相手は、国際法上の不正をいくらでも行うだろうし、我《われ》の不正をアピールされれば、国内のマスコミからも非難される。マイナス要素の方が大きい」

「現場が無人島である尖閣というのは、どういうことだ?」

質問したのは、馬橋だった。

「これは、対領侵を根拠として領空内で武器使用する場合のこととなります。二〇一二年の防衛省運用企画局長による政府答弁において、『国民の生命及び財産に大きな侵害を加える危険が間近に緊迫しているような場合』には、撃墜も可能と答弁しておりますが、無人の尖閣上空で、有人機を撃墜することは、相当性を満たさないと判断されます。つまり、領空侵入されていても、尖閣上空では、自衛隊機に危険が及んでいない限り、正当防衛、緊急避難が成立しません。我が方は、ロックオンは可能ですが、事実上、攻撃は、Z国がミサイルを発射してきた場合に限られるということです」

　これも、斑尾には、分かったような気がしたものの、理解したと自信は持てなかった。ＣＰＸが終了した後にでも、教えてもらうしかなかった。

　栗原が説明している間にも、状況は刻々と変化していた。運用課は、ＤＣや九空団と連絡をとりながらバタバタしている。尖閣空域では、数的優位が保てず、ロックオンによる圧力はかけても、Ｚ国戦闘機からも圧力を受けている状況だ。ロックオンされた状況では退避しているため、じりじりどころか急速に後退している。

「７３４２、領空まで九マイル」

　忍谷が報告しても、７３４２に圧力をかけられそうな機体が存在していなかった。距離が離れているか、別の機体からロックオンされて退避中かだ。

「７３４２、領空侵入、タイム〇二五二Ｚ」

　こうなると報告の声がむなしく響いた。この状況を改善できる可能性があるのは、栗原が報告している上級部隊での検討だけだった。

「那覇以外の空港使用については、政府として検討が続いています。尖閣に近く、十分な滑走路長を持ち、Ｚ国による対地攻撃が行われても、周辺住民への影響が少ない空港として下地《しもじ》島《しま》空港の使用が検討されていますが、沖縄県との調整が難航しており、現時点でも難しいもようです」

この話は、飛行部隊勤務ではない斑尾でも、沖縄に勤務する幹部自衛官の常識として知っていた。それに、宮古島の五三警初度視察の際にも、五三警隊長の江守《えもり》二佐が状況報告の中で報告していた。斑尾は、江守の説明を思い出した。

「下地島空港は、宮古列島の一つ、下地島に作られた空港です。下地島は、川かと思うほどに狭い海峡で隔てられた伊良部島《いらぶじま》と隣接しています。この海峡は、地形的には海峡のはずなのですが、なぜか水路と呼ばれており、名前らしい名前も聞いたことがありません。全長三キロ少々の水路に六本もの橋が架かっているため、下地島と伊良部島は、事実上一つの島のようなものです。更に、二〇一五年には、伊良部島と宮古島を結ぶ、全長三五〇〇メートルの伊良部大橋が開通したため、宮古島とも車で行き来ができます」

江守は、地図だけでなく、伊良部大橋の写真も表示していた。マリンブルーの海に長く延びた美しい橋は、記憶にはっきりと残っている。

「下地島空港には、宮古島分屯基地から陸路で補給ができる上、下地島の九八パーセントが公有地で、居住者の多くが空港関係者です。臨時に自衛隊が使用する場合でも、周囲への影響は大きくありません」

航空写真を見ると、南東部には畑が点在し、水路の脇、伊良部島に近いところにゴルフ場と少数のリゾート施設らしきものが見える他には、空港周辺の森しかない。

「そして何より、パイロットの訓練用空港として作られたため、三〇〇〇メートルの滑走路長を持ち、Ｆ－15を始めとした戦闘機はもちろん、ＡＷＡＣＳさえ運用可能な空港設備があります。三〇〇〇メートルの滑走路長は、沖縄の離島では唯一のもので、次に長いのは二〇〇〇メートルの新石垣《しんいしがき》、宮古、久米島、与那国の四空港です」

つまり、臨時に自衛隊が戦闘機をフルスペック運用可能な離島の空港は、下地島しかないのだ。

「しかしながら、下地島空港への自衛隊誘致の声はあるものの、屋良《やら》覚書があることもあり、反対の声は根強いものがあります」

江守は、屋良覚書の内容や、その後一九七九年に西銘《にしめ》沖縄県知事が出した西銘確認書の内容を表示していた。内容は、緊急時を除き、下地島空港の利用は、訓練と民間用途に限るというものだった。

下地島は、中国に近く、短距離の弾道ミサイルや迎撃が困難な極超音速滑空弾であるＤＦ－17による攻撃を受ける可能性もあるため、全面的な戦闘になった場合には危険性も高い。しかし、尖閣に近いため、尖閣周辺の領空で対領空侵犯措置を行うためには、これ以上の飛行場はなかった。

ＣＰＸの〝状況〟内では、政府と沖縄県が調整をしていることになっていたが、Ｚ国がこれだけ尖閣を脅かしても、難しいようだ。確かに、斑尾が想像しても現在のダニー知事では難しいだろうと思えた。

栗原は、もう一つの検討内容について報告を始めた。

「情勢が緊迫した以後、『いずも』は、沖縄本島の東方海上に進出し、命令があれば更に進出ができるよう海自が準備を行っております。F−35については、訓練を継続する必要から、新田原《にゅうたばる》から移動せず、命令を受けた際に、『いずも』に進出できるよう準備をしております」

F−35を搭載すれば、『いずも』は事実上軽空母だ。移動が可能な上、F−35は、Zが現在上げてきている戦闘機Su−30MKKよりも高性能で、何よりステルス性を備える。『いずも』が進出してくるだけで、Zを牽制《けんせい》する効果を期待することもできた。

しかし、現状で南西航空方面隊が運用できる戦闘機は、F−15だけだった。

「押されちゃってますね」

三和は、JADGE画面を見つめながら、渋い顔で言った。

「そうね」

この〝状況〟の始めこそ、多数機を上げて押していたものの、現在は、在空機がほぼ同数となり、押し込まれている。既に忍谷も、一件一件の領空侵犯を報告しなくなっていた。

「Ｓｕ－30ＭＫＫって、性能がＦ－15より上なんですか？」

斑尾は軽く首を振ってから答えた。

「搭載している武装を含め、性能としてはＦ－15と大差ないよ。在空機の機数もほぼ同数。それで押されているのは、多分別の理由。差があるのは環境かな」

斑尾は、ＪＡＤＧＥの画面を見つめて、大まかな距離を目測で測る。

「Ｚ本土の航空基地から尖閣まで、距離は三七〇キロくらい。対して、那覇から尖閣だと四二五キロってとこでしょ。数値的には、それほど大きな差じゃないけど。戦闘には、その少しが大きく影響するし、それ以上に、こっちはスクランブルで上がっているってのが大きいよ。基本的にレーダーで探知してからスクランブルしているから、高速で進出しなけりゃならない。遅れて出発した上、長距離をより高速で進出してる。そのため、空域に到達した時点で、残燃料では不利。空中では、優位な位置に占位するため、それから、ロックオンから退避するためにもアフターバーナーを使う」

「燃料を大量に使うって言ってましたね」

斑尾は、三和が理解していることを確認して言葉を継ぐ。

「最初から残燃料で不利ってのが大きいんじゃないかな。車でも、エコモードじゃレースに勝てないでしょ。下地島が使えれば、尖閣までの距離が近いから、逆に自衛隊が有利になると思うんだけどね」

領空侵犯されただけで撃墜することが許されない以上、押し込まれ、領空侵犯されることはどうしようもなかった。現状は、南西航空方面隊ができる最大限だ。そうなると、問題は、これを見た上で、航空総隊や空幕、統幕がどのような判断を下してくるかだった。報告を上げているし、中央にいてもJADGEで状況の推移をみることができる。

ただし、これはCPXだ。〝上〟は統裁部が演じている。どんなことを演練させたいかで、出される命令が決まってくるはずだった。そして、そのタイミングは近づいてきているように思えた。

進出していたZの航空機がRTBし始めたのだ。運用課の忍谷や小森が、地上待機の航空機を後続として上げるかどうか騒いでいたので、胸をなで下ろしているところだろう。残燃料に余裕のある機体を、尖閣周辺でCAPさせ、残りはRTBさせて再出撃に備えるようDCに指示していた。

斑尾がSOC内を見回していると、統裁部室のドアから斑尾の知らない幹部自衛官が出てきた。隷下からの支援者らしいその幹部は、防衛課に行き、栗原にA4サイズの紙を手渡した。栗原は、直ぐさまそれを防衛課長の難波に見せている。

新たな状況付与だろう。栗原は、難波への報告を終えると、演台に向かった。

「報告します。防衛大臣より、自衛艦隊司令官に対し、尖閣周辺領空へのZ国機の侵入阻止を図るため、『いずも』を含む第一護衛隊群を基準とした艦隊を派遣し、航空総隊を支援することが命じられました。同時に、総隊司令官に対しても、所要の戦力をもって、厳正な対領空侵犯措置の継続が命じられております。これを受け、総隊司令官から西空司令官と南西空司令官に対し、Ｆ－35Ｂ一個飛行隊の南西空への付け替えが命じられました。さらに、南西空司令官に対して、Ｆ－35Ｂの一部を『いずも』艦上で運用するものとし、『いずも』の進出海域については自衛艦隊と調整するよう命じられております。このため、自衛艦隊と調整するため『いずも』進出海域についての要望を検討するとともに、Ｆ－35Ｂへの『いずも』派遣数を検討する必要があります。なお『いずも』の現在地は、９０《ナインゼロ》５５《ファイブファイブ》、那覇南東七〇キロ付近です。至急検討の上、作戦会議を実施したいと思います」

まず、幕僚間で事前調整と検討をするということなのだろう。しかし、溝ノ口は右手を上げて待ったをかけた。

「前方展開戦力を極力多くする必要がある。『いずも』へは最大限進出させる。ただし、最大の見定めは、海自だけでなく、展開する飛行隊長とも調整せよ。南西空としての緊喫の検討事項は『いずも』の進出海域だ。こちらを優先するように」

溝ノ口が即断で指示したため、ＳＯＣは慌ただしくなった。防衛部長の幸田も、席を立って防衛課の作業室に向かった。防衛課や調査課、それに装備部の各課は、地下に作業室が確保されている。

「何がどうなるんですか？」

三和が、目をしばたたきながら聞いてきた。しかし、斑尾は首を振った。

「私も運用職だったから、戦術レベルの話は分かるよ。でも、戦略というか、作戦レベルの話になってきたから、何がどうなるって聞かれても、よく分からない。命令の内容は、何とか分かったかな。『いずも』に載せたF－35を南西空が指揮して、今までの続きをしろって言われたってことだろうね。ちょっと、自信がないけれど」

「統合部隊じゃないんですよね？」

後ろから問いかけてきたのは村内だ。今までもCPXを含め、何度もの演習を見ているだけに、三和や守本より理解しているようだ。

「違うね。弾道ミサイル防衛なんかだと、統合任務部隊が編成されて、海自の艦艇も航空総隊司令官が指揮したりする。今回は、海自艦艇は自衛艦隊の指揮のまま、艦上に積んだF－35だけを南西空司令官が指揮することになってる。だから、海自とは調整って言われているんだと思う。変則だけど、自衛権に基づく防衛出動が出て、Zと戦闘するのじゃなく、対領空侵犯措置を続けるからじゃないかな？」

斑尾も、そう答えたものの、自信はなかった。多くのZ国航空機に領空侵犯されたため、記者会見についても考えなければならないはずだが、それよりも海自との調整を優先するようだ。

災害が起きた時に、死傷者数を発表するよりも、まず被害の拡大を止めなければならないようなものだった。

「私の役はないな……」

斑尾は、誰にも聞こえないように小声で呟いた。自分の役割がないことが悔しかった。

しかし、今の自分では、命令の意味さえ自信を持って理解しているとは言えない。とても、何かできるとは言えなかった。

＊

作戦会議は一〇分ほどで開始された。演台に立ったのは、やはり栗原だ。

「南西空として『いずも』に望むことは、尖閣空域への接近です。発進から現場空域への進出にかかる時間を考慮し、運用課の要望は、尖閣から二〇〇キロ付近への進出です。この点を踏まえて、自衛艦隊と調整したところ、対空警戒及び対潜警戒の観点から、展開場所として二カ所の候補が挙がりました。第一ポイントは４９６１、第二ポイントは４１４３です」

栗原は、ＪＡＤＧＥの画面上に、二カ所の候補を示していた。第一ポイントは、久米島の西一五〇キロ付近、大ざっぱに言えば、沖縄本島の西側東シナ海のど真ん中。第二ポイントは、石垣島、西表島《いりおもてじま》の南東三〇キロ付近、つまり八重山《やえやま》諸島の南側だった。

「栗原三佐が言っているポイントの数字って、何ですか？」

日頃の対領侵や災害派遣の対応時に、溝ノ口や目黒が運用課に出向いても、三和がついて行くことは基本的にない。

「そっか。ジオレフも知らないよね。ジオレフポイントとか、ジオレフ座標って呼ばれる地点表記のやり方よ。いわゆるグリッドマップと同じ。一定のエリアを東西百、南北百のポイントで表すの。○○から始まり九九まで。東西を先に言うから4961だと、基準点から東に49、北に61って意味。エリアはアルファベットで表記が決まっていて、4961は、そのアルファベットを省略した形よ」

「もしかして、忍谷三佐が、KL《キロリマ》エリアとか言っているのは、それですか?」

「そうそう。あれはエリア名だけを言っている時だね。運用以外では、あんまり使ってないけど、おおまかな位置が直感的に分かるから使われているんだろうね」

自衛隊では、様々な座標系が使用されている。陸海空でも、かなり違うようだが、それぞれに使いやすさがあるためだ。

三和と話している間に、栗原は二つのポイントについて説明していた。

「以上のように、第一ポイントについては、E-2哨戒ポイントに近く、対空警戒が十分にできる点がメリットですが、東シナ海に突出する形となるため、Zが艦隊への攻撃を企図した場合、北西方向から攻撃することが容易である点がデメリットとなります。第二ポイントについては、対空警戒は艦載レーダーの他に、五三警のレーダーとなります。E-

２とはかなり離れているため、低空域の警戒には不安が残る反面、Ｚが攻撃を企図しても、石垣島や西表島が障害となり、ターゲッティングが困難となるため、艦隊防護上は有利です」

　栗原がまとめを口にすると、溝ノ口が決定を下した。

「ここまで情勢が緊迫化すると、Ｚ国が過激な行動に出る可能性は無視できない。艦隊の生残性を重視する。『いずも』進出地点は、第二ポイントとして自衛艦隊と最終調整するように。天候などの理由で第二ポイントが維持できない場合も含めて、調整は綿密に行え」

　今回も、溝ノ口の決定に合わせ、幕僚が一斉に動き出す。この後は、また記者会見の演練だろう。相当に領空侵犯されているため、発表の仕方は考えなければならないはずだ。

　斑尾は記者役だ。追及の方法を考え始めたものの、少々悩ましかった。この展開だと、追及しようにも秘匿すべきことが多すぎて、発表できる内容が少なすぎる。複数回の領空侵入が行われたことは発表するとしても、詳細の公表はできない。質問したところで、溝ノ口が「それについては、控えさせて頂きます」と答える場面しか想像できなかった。

　それに、『いずも』が進出することは言わざるを得ないとしても、進出海域は発表できない。これでは、記者会見の演練を行う意味がなかった。

　斑尾が、そんなことを考えていると、統裁部からのアナウンスが入った。

「統裁官指示、状況中止、タイム一八四三I。記者会見の演練は中止とする。状況再興は明日の〇九〇〇Iを予期する」

効果が薄ければ、予定されていた演練の一部が省略されることもあるようだ。それに時間はもう十九時に近くなっていた。多数機が飛行する状況が現示されたため、時間がかかっていたのだ。

幕僚の顔にも疲れが見える。夜間も含めた連続した状況を演練しているわけではないものの、その分濃密な演練が続いている。忍谷や小森は、報告の声も嗄《か》れそうだった。

幕僚は、安堵を見せていたが、斑尾は気を抜くことができない。逆に、まだ演練が続くと思っていたのに状況中止となれば、演習ではなくリアルに備えなければならない。VIPの帰宅準備が必要だった。

「すぐ車を準備して！」

守本と三和に指示を飛ばす。二人は、斑尾が口にする前に、荷物をまとめようと動き出していた。

＊

いつもと同じく、姿勢を正してゲートを通過する。ゲート前の信号が青に変わり、ゆいレールが走る高架の下に出ると、斑尾は肩の力を抜いた。

「副官は、何をしていたんだ？」

同じく肩の力を抜いた声で、溝ノ口が問いかけてくる。当然、ＣＰＸ中の話だろう。

「記者役をやっている時以外は、ほとんど仕事がなかったので、副官付の三人に解説しながら、私も勉強させてもらいました」

「そうか。今日の状況は、どうだった？」

ＣＰＸを見るのは、これが初めてだ。どうだと言われても、評価を語ることなどできはしない。溝ノ口も、それを期待してなどいないだろう。馬橋に問うべきだ。斑尾に言えることは素直な感想だけだった。

「いわゆるグレーゾーンの演練だからかもしれませんが、ちょっと拍子抜けというか、本当にこんな展開になるのだろうかと思いながら見ていました。昼食後の〝状況〟が動いていない時に、複数の幕僚と話しましたが、同じように感じている方は多かったようです」

「海自や陸自との協同演習ではないからな。現示される状況が、空に偏っているというのはあるだろう。しかし、ありえないパターンでもない」

そう前置きすると、溝ノ口はＣＰＸシナリオの背景を語ってくれた。

「海上では、無害通航権があることも利用して、中国がサラミ戦術を展開している。排他的経済水域で調査活動をし、接続水域を遊弋《ゆうよく》し、時折領海にも進入している。もう、領海に入っても、驚く国民も少なくなり始めている。領海に居座ることもできるだろうが、海上では、これ以上やることがなくなってきている状況だ。次のステップとして、上陸することもできるが、これは、国際法的にももちろん、イメージの上でも一気にステージが上がる。それを考えるなら、次に切るサラミは、空になる可能性は十分あるだろう。領空に入れば領空侵犯だが、多くの国民にとっては、脅威を感じるものではない。陸地と違い、目に見えないことも大きいだろうな。海上で実績を積み上げつつ、空での実効支配奪取を狙ってくる可能性はあるだろう」

ＣＰＸの〝状況〟が長引いたので、周囲はいつもより暗くなっている。〝あれ〟が現実になるのだろうか。周囲の暗さに気の落ち込みが増幅されているのかもしれない。斑尾は、妙な不安を感じていた。それを振り払うために、気持ちとは裏腹に明るい声を出す。

「でも、さすがにすぐの話ではないですよね。設想とは言え『いずも』でのＦ－35運用が戦力化されているくらいですし」

「どうかな。対抗措置に幅がないと幕僚としての演練にならないから、『いずも』も出したが、空でのサラミ切りは、もう始まっているんだぞ」

斑尾は、思わず「え？」と声を上げる。溝ノ口は、それを気にも留めず話を続けた。

「副官も、対領侵の総量規制については知っているだろう」

「あ、はい。確かに」

中国の航空活動の増大に耐えきれず、空自はスクランブルの基準を引き下げた。従来であれば、スクランブルを上げたような状況でも、領空侵犯する恐れが低ければ、スクランブルを上げないようになっている。

「空自はまだいい。より中国の脅威にさらされている台湾《たいわん》は、運用コストのかかる高性能機を温存し、旧式のＦ－５を投入したが、それでも耐えきれず、現在は基本的に地対空ミサイル《SAM》の地上待機だけで対応している。航空機を上げるのは、中国側が派手に動いた時だけのようだ。航空機の運用は、人も金も喰《く》うからな。中国は、その経済力でサラミを削りに来てる。日本は防衛費を上げて対応しようとしているが、どこまで続けられるか……」

溝ノ口は、恐ろしいことを口にしていた。現役将官、南西航空方面隊司令官が、対領空侵犯措置の継続に不安を口にしているのだ。とても他に聞かせられる話ではなかった。

「昨日話した二〇一六年のことにしても、自衛隊は脅威と感じていても、政府はさして気にしていなかった。保守政権だったにもかかわらずだ。このＣＰＸでは、政府が『いずも』投入を決断してくれたことにしたが、この状況付与でも楽観的すぎるかもしれない。副官も、認識を改めた方がいいぞ」

「分かりました……」

「しかし、副官の認識を考えると、他の幕僚の認識も同じようなものかもしれないな」

溝ノ口は、何か考え込んでいるように呟いていた。

車が特借の車寄せに入る。外に出ても、気温は決して寒くない。それでも、特借のエントランスに消える後姿を見送りながら、斑尾は言いようのない悪寒を感じていた。

＊

ＣＰＸ三日目、ゲートを通過し、直接ＳＯＣに入ったのは前日と同じだ。状況が開始される前に、溝ノ口が馬橋に声をかけ、一人で統裁部に向かったことも同じだった。馬橋以下、全員が溝ノ口待ちとなる。

「今日も何か変更ですか？」

斑尾が定位置となっている控室入口に着くと、声をかけてきたのは村内だ。大きな予定変更があれば、副官室の動きも変わってくる可能性がある。

「副司令官、というか統裁官に話があるって言ってた。話はすぐに終わるから、特に何もしなくていいって。何を話すのかは分からない」

三分ほどで、溝ノ口は統裁部室から出て、自分の席に向かった。馬橋や幸田に何か指示をしている様子もない。斑尾は、村内が用意していたコーヒーを出した。〝状況〟は、予定通り再興されるだろう。溝ノ口は、何を思って変更したのだろうか。考えてはみたものの、斑尾には予想も付かなかった。

「統裁官指示、状況再興、タイム〇九〇〇I。同時刻、状況三三号付与」

アナウンスが流れ、統裁部用のスクリーンに状況三三号が表示される。日付は加速されなかった。昨日午後の状況を、時間経過どおりに引き継ぐ形だ。

一晩経過しているので、その間に『いずも』は、石垣、西表南東のポイントに進出していた。F－35Bは、一〇機が『いずも』に展開し、残りは那覇に移動を完了している。

F－35の運用方法は、あらかじめ決められていた。Z軍機の尖閣空域への接近に対して、最初のリアクションを取るために運用することになっている。新たな航跡が発見される度に、初動対処に当たるのだ。『いずも』の進出ポイントは、尖閣までの距離が下地島とほぼ同じ。下地島空港を自衛隊が使用した場合と、同じような効果を発揮するはずだった。

「どうなると思いますか？」

車を片付け、息を切らせて戻ってきた三和は、三日目ともなると、リラックスして聞いてきた。〝状況〟が始まり、JADGE画面には、アンノウンシンボルが現れている。

「Zの動きが昨日と同じなら、昨日よりは良くなるよ。レーダーで探知した後に『いずも』から発進しても、急ぐ必要もなく、先に尖閣上空に到達できるはず。それに、那覇から上がる機体は、昨日ほど急ぐ必要がなくなるだろうから、燃料には余裕ができる」

「F－35だっていうのも大きいんじゃないですか？」

三和の考えはもっともだ。しかし、目的は、国際法上の実効支配を維持することだ。敵機の撃滅ではない。

「どうかな。F－35は、リフレクターを積んで飛ぶっていうから、最大の特徴であるはずのステルスじゃなくなってる。機体性能は高いけど、絶対的に優位と言えるほどの差はないから、アドバンテージは、搭載するレーダーミサイルがAMRAAM《アムラーム》だっていう点くらいしかないよ」

リフレクターは、レーダーを反射する器具だ。これを装着していれば、F－35でも他の機体と同じようにレーダーに映る。

「どうしてリフレクターを付けるんですか？」

「小森一尉が報告してたじゃない」

斑尾は、少し呆《あき》れて言った。F－35が指揮転移してきた場合の運用方法は、飛行幕僚である小森が報告していた。

「聞いてたんですけど、よく分からなかったです……」

小森に限らず、幕僚の報告は専門用語の羅列だった。仕方ない。斑尾は、嘆息して説明する。

「大きな理由は二つ。一つは、奥の手であるF－35のステルス性能を探らせないため。最前線の沖縄にF－35を配備してないのも、これが影響してる。米軍だって、嘉手納《かでな》に常駐はさせてないでしょ。もう一つの理由は、今行っている行動が対領空侵犯措置だから。Z

の航空機を尖閣上空の領空に入らせない。その前に追い払うことが任務。姿を見せて、プレッシャーをかけないといけない。今後、もしかしたら今日の午後、状況がもっと切迫して、戦闘をすることになれば、リフレクターは外すでしょうね」

「なるほど」

三和は、完全に理解できたのか疑問が残る不安顔だった。

ＪＡＤＧＥ画面の中では、尖閣に接近する機体を探知し、『いずも』と那覇の両方からスクランブル機が上がっていた。しかし、昨日の午後と同じように、Ｚが多数機を上げてきたため、倍の数で対処することはできていない。それでも残燃料には余裕がある。尖閣周辺で相互に牽制しあっている状態だった。時折、領空直前までＺの航跡が接近することはあっても、侵入はされていなかった。

斑尾が、ここからどう展開するのだろうと思っていると、演台に栗原が立った。

「調査課から情報報告があります」

栗原がそれだけ言って下がると、代わって情報班長の亀居が演台に上った。

「報告します。Ｚα基地が発信源とみられるＲ－77運用のための試験電波観測が急増しています。今後、Ｚ国がＲ－77を含め、ミサイルを使用してくる可能性が予想されます」

普段の報告なら、亀居は情報の発信元も報告している。この内容なら、普通に考えれば情報本部だったが、亀居はソースについて報告していない。それを問いただす者がいないことを不思議に思っていると、統裁部用のスクリーンに亀居の報告内容が表示された。事前に調査課に対して状況付与があったようだ。状況付与三五号と書いてあった。

亀居は、報告を終えると演台を降りた。代わって再び栗原が上る。

「本情報により、部隊行動基準の変更が行われる可能性が考えられるため、至急、上級部隊と調整します。なお、現在適用されている部隊行動基準においては、領空内では対領侵、領空外では武器等防護を根拠として、攻撃された場合の反撃は、自機及び他自衛隊機を防護することを目的として、正当防衛及び緊急避難に該当する場合のみ可能とされております。しかしながら、この部隊行動基準は、今までの政府見解、国会答弁に基づくものになっており、実態としてR－77を含むアクティブレーダーホーミングのミサイル使用に対して、有効な対応ができるものではありません。総隊及び空幕とは、この認識を共有できております。部隊行動基準の変更は、防衛大臣決裁となっております」

斑尾は、栗原の報告が飲み込めなかったが、溝ノ口や各部長は疑問を持っていないようだ。誰も質問することがなかったため、栗原に代わって小森が演台に上がった。すぐ後ろには忍谷が控えている。

「現在、R－77が射撃されても、回避が可能だと思われる離隔をとって対応しております。今までの情報が不正確だった場合、被撃墜の危険性はありますが、現行対処を維持するものとし、被害及び危険な状況が確認された場合には、より安全マージンをとった対処を採りたいと思います。なお、Z国が、J－20など、Su－30を上回る新鋭機を投入してくる可能性がありますが、搭載武装の性能には、それほど大きな差はないと思われるため、注視するに留《とど》めたいと考えております」

　小森は、さりげなく報告していたが、重要な報告だった。この報告を良しとするのか、この時点で、より安全マージンを採れと指示するのかで、展開が変わってくるかもしれない。溝ノ口の答えは無言での首肯、「それで良い」だった。

　小森は、ほっとしたような顔で演台を降りた。忍谷が上るのかと思っていたが、小森と一緒に引き上げた。どうやら小森のサポート役だったようだ。

　臨時のミニ作戦会議らしきものが終了しても、空中の状況は続いていた。そして、早速変化が現れる。

「2462にいるトラックナンバー17514、ロックをしても退避せず、対抗機動！」

　忍谷が叫ぶように報告する。それは、ミサイル射撃のための戦術機動かもしれなかった。空域には、空自、Z軍機の多数が入っている。今までは、相互にロックオンで牽制しているだけだった。模擬でミサイル発射をしていたようなものだ。その中の一機が、本当にミサイルを発射したのかもしれない。変化が生まれていた。

「危険が及びそうな編隊は退避させます」

　忍谷は、追加でそう報告した直後、再び大きな声を上げた。

「７５１４が空対空ミサイル《ＡＡＭ》を発射したもよう」

斑尾は、スクリーンに映る７５１４を見たが、既に旋回し退避に入っているようだ。ミサイルを発射した上で退避する。そうだとすれば、アクティブレーダーホーミングのミサイルのはずだ。

多数機が上がっているため、初日のようにパイロットとＤＣの管制官の音声は、ＳＯＣに流されていない。そんなことをしたら混乱するだけだろうし、それを捌《さば》くのは、ＳＯＣではなくＤＣの仕事だ。

そのせいなのか、ミサイルが発射されたと忍谷が報告しても、ＳＯＣは意外なほど静かだった。むしろ、固唾を呑んで状況を見守っているように見える。

「７５１４から発射されたミサイルは回避したもようですが、８８７０、６９０２もミサイル攻撃を始めたもよう」

ＪＡＤＧＥの画面には、ミサイルが映らない。警戒管制のレーダーで捉えるには、ミサイルが小さすぎるためだ。斑尾には何がどうなっているのか今ひとつ分からなかった。パイロットであれば、相互の機動状況から、今何をしているのか想像できるのかもしれない。やきもきしながらスクリーンを見つめた。

斑尾に分かったのは、昨日までと違い、Ｚ国戦闘機は、一歩踏み込んでからミサイルを発射し、即座に退避しているらしいということだけだった。そして、その結果として、自衛隊機は徐々に後退していた。

ミサイル回避のために行っている退避機動は、ドラッグ機動と呼ばれている。ミサイル回避機動の中で、最も基本であり、最も多用されるものだ。射程外に逃れる機動と言うこともできるが、もっと正確に言えば、有限であるロケットモーターのエネルギーを失わせ、追尾不可能にさせる機動だ。ドラッグ機動を適切に行えば、確実にミサイルを回避することができる。

空戦では、陸戦のように明確な前線はない。双方とも高速で移動するためだ。しかし、尖閣の領空を意識して圧力をかけていたため、双方の戦力が拮抗《きっこう》する前線らしきものはイメージできていた。

それが、押し下げられていた。尖閣上空を領空侵犯されるのも、時間の問題だった。幸いというか、そうなるように行動しているので当たり前なのかもしれないが、被害が発生していないことだけが幸いだった。

「８８７０、領空侵入、タイム〇一四三Ｚ」

報告する忍谷の声には、苦みが含まれていた。

「どうして反撃しないんでしょう？」

それは、斑尾も疑問に思っていた。栗原が報告していた法律関係の話が影響していることは予想が付いても、理解が不十分なためか、よく分からない。ＪＡＤＧＥの画面にミサイルは映らないとは言え、反撃すればＤＣに通報されるはずだったし、ＤＣとの電話を繋ぎっぱなしにしている忍谷に報告されるはずだ。しかし、立ち上がったままの忍谷は、難しい顔でＪＡＤＧＥのスクリーンを睨んでいた。

反撃はしていない。ただ、攻撃する構えは見せている。対抗機動をとっているものの、攻撃することができずにいるように思えた。

斑尾は、立ち上がると控室の一角に向かった。折りたたみ机の上に荷物が置いてある。自分のバッグから、『取扱注意』とゴム印を押された資料を取り出す。

突然立ち上がった斑尾を、三和たちが見つめている。斑尾は、彼らに答えることなくページをめくった。確認したかったのは、最後に参考として記載されている過去の国会答弁だ。

反撃していなくとも、ＳＯＣでは騒ぎになっていない。そうすることが正しいからだ。栗原は報告していた。現在適用されている部隊行動基準では、反撃は可能とされているものの、正当防衛及び緊急避難に該当する場合に限られると。更に、アクティブレーダーホーミングに対しては有効な対応ができないとも言っていた。

「いちばん踏み込んでいるのはこれね」

ＣＰＸの状況に関連してきそうな過去の国会答弁が何件か書かれていた。その中の一つに、二〇一二年の中島明彦《なかじまあきひこ》防衛省運用企画局長の答弁が記載されていた。

『ロックオンという話がございました。正当防衛、緊急避難の要件を満たす場合で急迫不正の侵害ということでございますけれども、これは、例えば相手が射撃した後というわけではなくて、相手がこちらに向かいまして照準を合わせて射撃しようとしている場合のように、侵害が間近に迫っている場合にも、相手の攻撃を待つことなく危害射撃を行うことが法的に認められているということでございまして、そのときの状況に応じて、適切に対処できるものと考えております』

この国会答弁は、危害射撃、つまるところ、相手を撃墜してもよい場合について発言したものだ。そうした答弁は何件かあったが、この答弁が、最も射撃できる状況を広く取っていた。

相手からロックオンされた場合には、まだ相手からミサイルが発射されていなくとも、撃墜するために、こちらからミサイルを発射することができる、という解釈だ。

昨日からロックオンに対して、こちらもロックオンしているのは、この答弁がベースにあるのだろう。

しかし、これがあるのならば、なおのこと、栗原の言う、アクティブレーダーホーミングには有効な対応ができないというのが分からなかった。

たぶん、基本的な知識が足りないのだ。それは想像できたものの、誰かに聞かないと理解できそうにない。とは言え〝状況〟は進行中で、忙しそうにしている幕僚には声をかけられない。この話題に詳しそうなのは、防衛課や運用課員だが、彼らの様子を見れば、全員が論外だ。質問など投げかけようものなら、どやしつけられるだろう。

それ以外となれば、法務官室の幕僚か。しかし、SOCを見回しても、彼らの姿は見当たらなかった。SOCは手狭なので、どこかで待機しているのかもしれない。唯一、SOC内にいるのは、法務官の手塚《てづか》一佐だ。溝ノ口と同じ最前列に掛けているが、その位置は左端だった。斑尾の座るVIP控室の入口から一〇歩もない。しかも、なにより暇そうだった。

業務上必要な話でもないのに、部長クラスに話しかけるなど、今までだったら考えも付かなかっただろう。しかし、殴打事件の時に、何度か話をさせてもらっている。何を見れば良いのかを教えてもらうだけなら、OKかもしれなかった。

斑尾は、腰をかがめながら、手塚の背後からこっそりと近づいた。そして、声をひそめて問いかける。

「法務官、すみません。アクティブレーダーホーミングのミサイルに対処できない理由は、どこでしょう?」

机の下で、国会答弁のページを開いて見せた。すると、法務官は、驚いた顔を見せ、溝ノ口の方を見た。どうやら、斑尾が尋ねたことで、溝ノ口が質問したと思われたらしい。振り向いた手塚に、必死に首を振って否定する。溝ノ口が分かっていないはずはないのだ。斑尾は、自分の鼻の頭を指さした。

手塚は、気の抜けた顔で資料を手に取った。無言のままページをめくり、最後のページを広げて指先でトントンと叩く。ここを読めと言っているようだ。

「ありがとうございます」

またもや声をひそめて礼を言うと、コソコソと控室の入口に戻る。手塚が叩いた内容は、国会答弁ではなく、正当防衛と緊急避難について書かれた解説だった。

三和や守本がのぞき込む中で、斑尾は文字を追った。ここを読めということは、国会答弁で触れられていない正当防衛と緊急避難の成立要件にあるらしい。正当防衛と緊急避難で一部に違いがあるが、同じ部分も多い。斑尾は、アクティブとセミアクティブレーダーホーミングの違いを思い浮かべながら読み込んだ。

「ここかな……？」

要件の中で、斑尾が引っかかりを覚えたのは、防衛の意思と行為の必要性の部分だった。日本の刑法で言えば、〝やむをえずにした行為〟であるか否かだ。条文を聞いただけでは分かり難かったが、それが唯一の方法であって、他の方法では自機や僚機を守れなかった場合は、正当防衛や緊急避難であると言えると説明されていた。

「分かりました？」

資料に集中して、三和たちの存在を忘れていた。斑尾も、まだ頭の中が整理できていない。それでも、実際の様相を思い浮かべれば、何となくイメージすることができた。斑尾は、咳払《せきばら》いをして話し始める。

「えっと、まず大前提として、ミサイルは遅いってことを認識する必要があると思う」

三和は困ったような顔をしていた。ミサイルは、とんでもない高速で飛んで行くと認識しているだろう。

「多くの空対空ミサイル《AAM》は、最高速度がマッハ四程度かな。でも、ロケットモーターの燃焼時間は短い。普通はせいぜい一〇数秒。だから、最高速度が出ているのは極短時間しかないの。単純計算でも、三〇キロ先の目標を射撃したとして、到達までに三〇秒くらいかかることになる。〝状況〟の中では、もっと離れているから、もっとかかるってこと」

拳銃《けんじゅう》で人を撃つのとは違うのだ。斑尾は、三人の顔を窺いながら、話を先に進めた。

「セミアクティブレーダーホーミングのミサイルなら問題ないと思う。ミサイルを撃たれているのが自機であれ、僚機であれ、この三〇秒の間に、母機を攻撃して撃墜すれば、ミサイルは誘導されなくなるから当たらない。それに、敵はミサイルの誘導を諦《あきら》めて退避するかもしれない。どちらにせよ、それによって防衛ができる」

三人とも神妙な顔で聞いていた。昨日までの説明もあって、理解できているようだ。

「でも、アクティブレーダーホーミングのミサイルを撃たれた場合は、防衛できるとは限らない」

「撃ちっ放し性能があるから？」

斑尾は、三和の言葉に肯いた。

「そう。ミサイルの飛翔時間は同じくらい。アクティブレーダーホーミングでも、目標に命中するまでには時間がかかる。ロックオンからミサイル発射の間に、即座に撃てばいいんだろうけど、普通はロックしたとたんにミサイルを発射する。そして、敵は、ミサイルを発射した後、すぐに退避を始める。その逃げ始めた敵機にこちらから攻撃したところで、自分の防衛も、味方の防衛もできない。例えて言えば……」

斑尾は、例になりそうな状況を考えた。銃とは違い、殺傷力が発揮されるまでに、時間がかかる武器でないとミサイルの例にはならない。

「そう、時限爆弾かな。時限爆弾を設置して逃げた犯人を、背中から拳銃で撃つようなものって言えばいいかな」

この例えなら理解できたのだろう。村内が口を開いた。

「確かにそうですね。時限爆弾だと、被害はすごいですが、逃げているだけの犯人には、警察も撃たないでしょうね」

斑尾は、資料から目を上げる。ＪＡＤＧＥの画面が映されたメインスクリーンでは、昨日以上に、Z国機が尖閣上空の領空に入り込んでいた。

「ここから、どうなるんでしょう?」

三和の言葉にも、やりきれなさがにじんでいる。

斑尾に予想できるのは、CPXだからという前提の上で考えられることだけだ。幕僚が演練するためには、ここから何か変化がなければ、動きが出てこない。

「栗原三佐の報告から考えれば、部隊行動基準を変更する状況付与が出るんじゃないかな。これが現実だったなら、予想も付かないけど……」

斑尾は、統裁部室のドアを見つめた。昨日と同じように、状況付与票を持った要員が出てくるのではないかと思ったからだ。

しかし、訪れた変化は、全く別のものだった。突然、表示されていたJADGEの画面がフリーズした。

「え?」

バグだろうかと訝《いぶか》しむ。しかし、運用に関わるシステムがフリーズする場面など見たことがなかった。そこに、アナウンスが流れた。

「統裁官指示、状況中止、タイム一二〇〇I。状況再興は一三〇〇Iを予期する。演習参加者は、それまでに所要の態勢を取れ」

斑尾は、慌てて立ち上がった。時間をすっかり忘れていた。付の三人もだろう。

「お昼だ！」

斑尾は、直ぐさま副官付の三人に指示をすると、立ち上がって食堂に向かおうとする溝ノ口を追った。

＊

斑尾は、定位置となった控室入口で、状況再興を待ち構えていた。

「すぐに状況付与が出るんでしょうか？」

三和も、流れが見えてきているようだ。

「多分、そうだろうね。じゃないと、動きようがないもの。休憩を挟んで、気持ちもリセットさせたところで、次の動きってことなんだろうね」

斑尾は、正面の壁左上に設置されているデジタル時計を見つめた。Ｉ《アイ》タイムとＺ《ズル》タイムの二段表示になっている。Ｚタイムの方は動きが止まっている。Ｉタイムの時計が十三時を示すと同時に、Ｚタイムの時計も動き出した。

「統裁官指示、状況再興、タイム一三〇〇Ｉ。同時刻、状況三九号付与。状況内時刻は〇一〇〇Ｚ」

アナウンスと同時に、画面上で停止していたシンボルも動き出した。お昼の間は、時計が止まっていたことになるので、〝状況〟の中では時刻が変わっていない。

新たに出された状況付与は、やはり、ROEの変更だった。栗原が演台に上る。

「統幕長指示で部隊行動基準の変更が出されました。対領侵における政府方針として、継続した攻撃が行われる可能性が高い場合は、退避行動中であっても攻撃可となっております。ただし、これは隊法八四条の対領侵に関してのみ適用されるため、攻撃が可能な航空機は、領空に侵入しているものに限られます。領空外に在空している航空機に対しては、攻撃する場合の根拠法令が武器等防護であり、条文中に危害射撃は正当防衛及び緊急避難に該当する場合のみとされているため、引き続き、攻撃はできません。対領空侵犯措置における正当防衛等の縛りは、政府解釈で付されているものなので、解釈変更が行われた結果です」

報告が終わると、馬橋がすかさず質問した。

「攻撃を受けた機体が、ミサイルの飛翔中に領空を出た場合は問題ないのか?」

「アクティブレーダーホーミング、及び赤外線誘導ミサイルを使用することが想定されているため、領空内、領空外の判断は、ミサイルの発射時点で判断することと整理されております。セミアクティブレーダーホーミングのミサイルを使用中の場合も、誘導の継続が可能です」

報告を聞いた馬橋は肯いた。

「その点は、徹底をするように」

指示を聞いた栗原が「了解しました。徹底させます」と答えて演台を降りた。

領空の範囲は、領海と同じ、基線から一二マイルとなっている。キロメートルに直せば約二二キロ。マッハで飛ぶ戦闘機にとっては、一分少々で飛行できる距離だ。

尖閣では直線基線というルールは適用されていないので、海岸から二二キロまでが領海、その上空が領空ということになる。ざっくりと見てみれば、直径四四キロの円と考えれば間違いない。尖閣諸島と言われるように、小島が連なっているため、多少の広がりがある。それを含めて考えると、おおざっぱに言って直径五〇キロの円といったところだ。

レーダーホーミングのミサイルを使用し、視程外射程《ＢＶＲ》（beyond-visual-range）での戦闘を行う場合、何機もの戦闘機が入れるほど広い空域ではない。一個か二個の編隊、機数で言えば二から四機が入ることのできる空域だった。

ＪＡＤＧＥの画面を見ていると、狙い澄ますようにして、魚釣島《うおつりじま》上空の領空に侵入している編隊に、二個編隊を指向して攻撃するようだ。今までと異なり、単に退避するのではなく、ミサイルは回避しつつ、攻撃に優位となる位置を占められるよう機動している。空戦のための戦術機動だった。

「ワイズ０５、ＦＯＸ３」

ＳＯＣ勤務員のほとんどが固唾を呑んで見守っている。報告した忍谷の声が響いた。

「副官、ＦＯＸ３って？」

三和も声をひそめている。ワイズ05が、『いずも』から上がったF－35のコールサインなのは、画面を見ていれば分かる。ブレビティ・コードは知らなくて当然だった。

「アクティブレーダーホーミングミサイルを発射した場合のブレビティ・コードよ。F－35がレーダー誘導ミサイルのAMRAAM《アムラーム》を発射したってこと」

斑尾も、耳打ちするようにして答える。高性能のF－35をぶつけたらしい。

JADGEの画面にミサイルは表示されない。それでも、AMRAAM《アムラーム》を撃たれたZ国機が、魚釣島上空で、それを回避しようとしていることは分かった。編隊が、二つの航跡に分離していた。

「レイス11、FOX1」

「FOX1は、セミアクティブのミサイル」

斑尾は、聞かれる前に囁《ささや》いた。今度は、那覇から上がったF－15が、同じ編隊にスパロー《AIM－7》を撃ったようだ。ただ、ミサイルを躱すために分離した機体のどちらを撃ったのかは分からない。F－35が追い立てた目標に、F－15で追い打ちをかけたのかもしれないし、残りのもう一機を撃ったのかもしれない。

画面を見つめていると、分離した航跡のうち、より激しい機動をしているように見えた航跡の速度が急激に落ちた。表示されている速度データが、二〇〇ノット以下になっている。

「スプラッシュ２２１２」

トラックナンバー２２１２は、その速度が低下した航跡だ。ＳＯＣのあちこちから、抑えられた歓声らしきものが響く。

「一機撃墜ね」

ＳＯＣ内が騒がしくなっている。三和への説明も、ことさら声をひそめることはしなかった。

経過を窺っていると、今までは回避するだけだった自衛隊機がミサイルを発射したことで、撃たれた編隊以外のＺ国機も、動きが慎重になったように見えた。

視程外射程《ＢＶＲ》で牽制しあっているためか、尖閣周辺空域に入れる機体数は互角だった。『いずも』を展開し、Ｆ‐35まで投入している自衛隊側が若干優位だったが、Ｚ国と違い、領空内の目標にしかミサイルを発射していないため、さほど押しているとも言えない。時折、領空内に侵入されるものの、実効的に支配しているのは、どちらかと言えば自衛隊側に見える状態となった。

「ここからどうなるんだろう？」

斑尾の呟きは、素直な疑問だった。本格的な武力衝突なら想像できた。しかし、領空に侵入したＺ国機を撃墜するというかなり踏み込んだ〝状況〟を演練しているものの、根拠としている法令は対領空侵犯措置だ。他国との本格的な戦争を想定した〝状況〟ではない。

少し時間が早いが、今日はＣＰＸの最終日だ。これで終わりになるのだろうか。それとも、ここから一気に本格的な戦闘に突入するのだろうか。

斑尾がＪＡＤＧＥの画面を見つめていると、統裁部が付与している状況を表示しているサイドスクリーンに変化があった。昨日もこのスクリーンを使った状況付与があった。どうやら、またＺ国のテレビ報道のようだ。画面左上には『状況付与四一号』と書かれている。中国語なので、斑尾には内容が分からなかった。

その放送を模した状況付与の表示が終わると、演台には情報班長の亀居が上がる。

「Ｚ国テレビ放映の概要を報告します。Ｚ国軍機が我が国によって撃墜されたことから、Ｚ国は、尖閣周辺での航空活動を支援している我が国の艦艇、陸上基地を含めて攻撃対象とし、武力によって排除すると宣言しました。これら艦艇や陸上基地もＺ国の主権を侵害していることが理由とのことです。Ｚ国の狙いは、戦力の総量で勝っていることを活《い》かすための戦域の拡大であるかと思われます。これにより、尖閣の実効支配を一気に確実にすることを企図していると分析しました。ただし、攻撃目標として艦艇や陸上基地が明示されており、無制限に戦闘を拡大することは望んでいないようです。これについては、国際世論を考慮してのことかと思われます」

亀居の報告も、事実上の状況付与だ。亀居は質問に身構えていたものの、誰も口を開くことはない。「報告は以上です」と言って演台を降りた。代わって栗原が演台に上がる。

「Z国の動きを受け、本邦でも防衛出動が発令される可能性が大です。ただし、政府としてもZ国同様に戦闘を局地的なものに限定する方向で調整されております。現時点では、作戦は防勢的対航空《DCA》（Defensive Counter Air）に限定される方向とのことです」

「防勢的対航空《DCA》って何ですか？」

　栗原の報告は続いていたが、三和がこっそりと尋ねてきた。少々煩わしくも感じたが、栗原の報告内容は、上級部隊である航空総隊や空幕、統幕での詳細な調整状況だ。さほど聞く価値のある報告でもなかった。

「敵の基地を爆撃して、飛行場を使えなくしたり、レーダーや地上の航空機を破壊して戦闘できなくすることを攻勢的対航空《OCA》（Offensive Counter Air）って言うの。防勢的対航空《DCA》は、その逆で、攻勢的対航空を撃退して自軍を守ること。早い話が、空自が昔からやっている本業の防空よ」

「なるほど。防空って言えばいいのに、面倒ですね」

「防空ってのは、作戦の分類じゃないからだろうね。そんな細かいところを気にしても仕方がないよ。それより、ちょっと静かにして」

　斑尾は、そう言って口の前に人差し指を立てた。栗原の報告は、南西航空方面隊として議論すべき点に移っていた。

「防勢的対航空《DCA》を行うにあたり、検討すべき点は『いずも』の進出ポイントです。Z国の声明を見ても、『いずも』は明らかに攻撃目標となります。現在地は、尖閣方面から対艦ミサイルで攻撃するためには、石垣島、西表島がターゲッティングの阻害要素となるため、防衛し易い位置ではありません。しかしながら、艦載のF‐35は一〇機に過ぎず、ミサイル護衛艦《DDG》が護衛しているものの、危険性が高い状態です。現在地を維持するのか、後退させるのか海自と調整する必要があります」

まだ命令は発令されていないものの、防衛課は上級部隊、もっと正確に言えば、その役をしている統裁部と調整しているらしい。なるほど、どうりで今までも上の動きに対して、素早く対応措置を報告していたわけだ。

「尖閣周辺領空の実効支配、この状況では、航空優勢と言うべきか、これの維持は命令に含まれる見込みか？」

報告した栗原に、溝ノ口が問いかけた。任務が、防勢的対航空《DCA》だけに限定されるのか、引き続き、尖閣上空の航空優勢確保もやらなければならないのかという問いだった。

「可能な限り維持することが盛り込まれる可能性が高いとのことです。今回の事案は、そもそもZによる実効支配奪取行動の一つと見られます。これを防ぐことが目的であることは変わっていません」

溝ノ口は、栗原の言葉に肯いた。

「分かった。いずれにせよ、『いずも』は後退させる方向で自艦隊と調整を開始しろ。後退させるポイントは、那覇配備機体との連携を重視するように。下げること自体に自艦隊が異論を差し挟まないのであれば、すぐに移動開始で構わない。Zの発表からすれば『いずも』は間違いなく目標のはずだ」

栗原は、すぐに調整を開始すると言って演台を降りた。

二人の報告の間に、JADGEの画面上で展開していた衝突は、収まりつつあった。Zの機体がRTBし、自衛隊機も、一部がCAPとして尖閣周辺に残り、多くはRTBを始めている。Zは、新たな作戦の準備に入るのだろう。

「お茶を出しますか？」

斑尾が、今後の展開を予想していると、村内が言った。副官業務を忘れていたようだ。確かに、緊迫した状況は収まっている。VIPであればあるほど、席を離れることは難しい。トイレは致し方ないとして、給水は副官が状況に応じて考えなければならなかった。

「そうだね。希望を聞いて出そうか」

コーヒーと日本茶、それぞれホットとアイスを出せるように準備をしてある。溝ノ口と馬橋の希望を聞いて席まで運ぶ。溝ノ口は、アイスのコーヒーと日本茶の両方を出してくれと言っていた。CPXは佳境《かきょう》だ。喉が渇いていたようだ。二人にお茶を出し終え、斑尾たちも喉を潤している間に、RTBしていた航跡はランディングを終えていた。

斑尾がほっと一息ついていると、統裁部からの放送が入った。

「統裁官指示、状況付与四三号。状況内時刻は現実時刻とする」

昼休みの間に、状況内の時計が止められていた。その分遅れていた一時間分が進められたことになる。

同時に、統裁部用スクリーンに状況付与四三号の内容が示された。調整されていた防衛出動が発令され、部隊行動基準も変更された。政府レベルの細部は〝状況〟として示されていない。こんなにすんなり防衛出動が出されるのかという疑問も湧いたものの、そこは考えても仕方がなかった。わずか三日しかないＣＰＸの期間に押し込めるという事情もあるのかもしれなかった。

「報告します」

直ぐさま演台に上った栗原が報告する。

「発令された防衛出動と新たな部隊行動基準は調整されていたとおりの内容です。防勢的対航空《DCA》での敵戦力の漸減と我が方の戦力防護を行いつつ、可能な範囲で尖閣空域での実効支配継続となります。なお、尖閣周囲においても、行動の根拠が防衛出動となるため、正当防衛、緊急避難といった状況の制約、危害射撃の地理的制約ともにありません。しかし、Ｚ国領域への接近、対地攻撃は許可されていません」

事前に報告されていたとおりなためか、時間が一時間分加速されても、慌てている様子の幕僚はいなかった。

「どうなると思いますか？」

三和は、再び観客モードになっている。斑尾も、やるべきことは特にない。思考をこれから行われる防勢的対航空《DCA》作戦に集中させる。

「どうなるだろうね。防勢的対航空《DCA》だから、Ｚの出方次第。Ｚの放送を考えれば『いずも』がキーになるとは思うけど……」

時間が一時間加速されたことで、『いずも』は瞬間移動していた。ＪＡＤＧＥは、海自のシステムにも連接されているので、データも表示されている。三〇ノットは『いずも』の最大速力だったが、一時間に五五キロほどしか進まない。やっと石垣島を離れ、宮古島方面に向かおうとしている状況だった。

斑尾が、様子を窺っていると、亀居が演台に向かった。

「複数のＺ国航空基地で、航空活動の増大が確認されました。東シナ海に近い基地では、その多くで発進兆候があります。また、関連は不明ですが、南シナ海方面では、一時間ほど前から活動の増大が観測されています」

情報班長が報告するということは、情報本部、更に言えば、その一部である通信所などが入手した情報だろう。宮古島にあった大刀洗《たちあらい》通信所宮古島分室や喜界島《きかいじま》通信所がキャッチしたという想定なのだろう。

「空軍だけでなく、海軍航空戦力の稼働と思われる兆候もあるため、『いずも』を中心とした艦隊が目標となっている可能性があります」

亀居が演台を降りると、ほどなくしてＪＡＤＧＥの画面に航跡が映った。Ｚ国は、中国を模している。航空基地は、自衛隊からしたら考えられないほど多い。東シナ海に近い複数の基地から発進した多数の航空機が、空中で集合して接近してくる構えを見せていた。

「ストライクパッケージっぽいか」

呟くと、三和が説明して欲しそうな顔をして、斑尾を見ていた。

「ストライクパッケージっていうのは、対地や対艦攻撃をやる時に、その攻撃を成功させるために、護衛の制空戦闘機や空中管制機、レーダーを妨害するＥＣＭ機などをまとめた攻撃編隊のことよ。でも、編隊って言うと、少し違和感があるかもしれない。先頭と後尾で、ものすごく離れていることもあるから。攻撃梯団《ていだん》って言われることもある。前後で一〇〇マイルほどになることもあるからね」

斑尾は、そう言ってＪＡＤＧＥの画面を指さした。忍谷と小森が、すっかり嗄れた声で、迎撃編隊の発進を報告している。目標となっていると思われる『いずも』からはもちろん、那覇からも上がり始めた。

「大抵の場合、ストライクパッケージの先頭は露払いをする制空戦闘機、それが敵、この状況では自衛隊の迎撃戦闘機を排除する。日本語でも露払いって言うけど、英語でもスウィーパーって言う。攻撃編隊が来る前に、邪魔者を掃き掃除する者って意味。その後ろに間隔を開けて、また戦闘機が付いてくる。これは、その直後にいる爆撃機や攻撃爆撃機の直接援護をする戦闘機。露払いで排除できなかった迎撃機から、爆撃部隊をエスコートして守るエスコートファイター、つまり直接援護戦闘機ね。その後ろが、本命の攻撃部隊。『いずも』が目標なら、対艦ミサイルを搭載した戦闘爆撃機のＪＨ－７や爆撃機のＨ－６、Ｊ－10なんかのマルチロール機が、対艦ミサイルを搭載して来ているかもしれない。空自が健在だから、こっちの可能性の方が高いかな。で、その後ろには、空中管制機やＥＣＭ機、戦果確認の偵察機、空中給油機が付いてたりする。他には、対レーダーミサイルを搭載して、護衛の艦艇や地対空ミサイル《SAM》を無力化するための機体が、スウィーパーの後ろに付いていることもある」

「ずいぶんと大がかりなんですね」

「現代は、防空兵器が強力だし、防勢的対航空《DCA》の要《かなめ》となる指揮統制システムがしっかりしているから、ストライクパッケージを組まないと地上や艦艇の攻撃なんてできないよ。例外があるとすれば、Ｂ－２みたいな極端なステルス機だけだろうね」

　斑尾にとっては、やっと本格的な防空戦闘を、司令部の視点で見ることのできるチャンスだった。敵の攻撃目標が艦艇らしいので、高射部隊は普段から配備されている沖縄本島の基地にいて、活躍の機会が乏しそうなことが残念だったが、艦対空ミサイル《SAM》の交戦は見ることができるはずだ。参考になるだろうと考えながら、状況の推移を見守った。

「結構厳しそうですね」

声をかけてきたのは村内だ。元職はレーダーの整備。サイトでレーダーの画面を見ることもあったはず。運用職でなくとも、シンボルの動きを見れば分かるのだろう。『いずも』や那覇から後続機を上げるタイミングを計っている忍谷や小森は、「スプラッシュ」というZ国機の撃墜を示すブレビティ・コードだけでなく、自衛隊機の被撃墜を示す「シャットダウン」というブレビティ・コードも叫んでいた。

「量で空自を上回るのは昔からだけど、今や質でも変わらない。それに……CPX前半の〝状況〟で現示されていた尖閣空域と、同じような条件になっているのが大きいかもしれない」

E－2は早期警戒を続けている。侵攻するストライクパッケージを、東シナ海に一〇〇キロも進出しないうちに捕捉していたが、目標となっている『いずも』は、まだ石垣島から数一〇キロの位置にいる。Zが運用している対艦ミサイルは、中国海空軍のものと同等の仮想ミサイルとされているため、射程は長いもので一〇〇キロ程度だ。対艦ミサイルを搭載した機体を、そこまでに迎撃しなければならない。そのラインは、石垣島の北西一〇〇キロほどだ。それは、尖閣の領空を守っている時の状況と変わらない。しかも、ストライクパッケージを組まれているため、前衛のスウィーパーやエスコートファイターと呼ばれる直接援護機を先に排除しなければならない。尖閣よりも、かなり先で戦闘しているようなものだった。

「F－35は、どうしてすぐ戻ってしまったんですか？」

素直な疑問を口にしたのは三和だ。『いずも』から発艦し、距離が近いため真っ先にスウィーパーと交戦したF－35は、那覇から上がった編隊が交戦空域に到達する頃には、『いずも』に向けてRTBを始めていた。

「忍谷三佐も小森一尉も、もういちいちミサイルの発射は報告してないけど、F－35が敵編隊とぶつかった時に『スプラッシュ』って報告してたでしょ。あれは、敵機を撃墜したってこと。つまり、少なくともそれだけミサイルを発射してる」

「結構『スプラッシュ』って言ってましたね」

守本が、目を細めて言った。斑尾は、肯くと説明を続ける。

「小森一尉が、ささっと報告してたけど、防衛出動が出て、本格的に戦闘することになったから、F－35はリフレクターを外してステルスとしての性能を発揮してる。レーダーに捕捉される前にミサイルを発射して、効果的に敵機を落としたってこと。でも、ステルス性能を発揮するためには、胴体内にしかミサイルを積めない。最大でも一〇発。ステルスを活かして命中確率を上げても一〇〇パーセントにはならない。最初に接触したってこともあるけど、あっという間にミサイルを撃ち尽くしてRTBしたってこと」

F－35は、一方的に撃墜していたが、今戦闘しているF－15は、能力的に互角だ。撃墜するだけでなく、撃墜される機体も出ている。

「でも、再発進すればいいですよね？」

「そうね。でも、三和三曹にも武装や列線の知り合いがいるでしょ。彼らの仕事ぶりも聞いているはず。『いずも』の甲板上には発着艦スポットが五つ、残りのスペースでそれをやる。F－35だけじゃなく、海自が元々運用している対潜ヘリもいっしょの中で」

それ以上言う必要はなかった。三和は驚いた顔をして口ごもった。帰投してきた戦闘機を再発進させるためには、最低でも燃料とミサイルを補給しなければならない。それらは、ガソリンほど燃えやすくはない代わりに、燃焼した場合のエネルギーが大きいジェット燃料や、艦上で爆発すれば数機をまとめて破壊し、整備員を肉片に変えるミサイル弾頭だ。それに、パイロットが交代する場合もあるし、交代しなくとも水分補給やトイレに行くことも必要になる。

再発進準備は、本来、慎重に行わなければならない作業だった。『いずも』は大型艦艇とは言え、陸上基地のエプロンと比べればはるかに狭い。この〝状況〟が現実であれば、今頃艦上は大混乱だろう。

「上がれる機体は何機ある？」

吠える海老原に小森が答えた。

「五分が四機、一五……いえ一〇分以内が二機。三〇分が二機」

「五分の四機は全部上げろ！」

それを聞いた小森が不安な顔を見せていた。小森だけではない、多くの幕僚や防衛部長の幸田や馬橋までもが、振り返っていた。

「それでは那覇が……」と言いかけた小森の声は、海老原の怒声にかき消される。

「『いずも』が攻撃される！」

海老原は、最前列に座る溝ノ口を見ていた。幸田や馬橋までもが迷う行動だ。訪れた一瞬の静寂から、溝ノ口の決定を待っているのだと理解できた。

「『いずも』からの再発進は？」

「二〇分ほどかかりそうです。降りたばかりの機体もあり、艦上は混乱しています」

忍谷の回答に、溝ノ口は「五分の四機を上げる」と答えた。運用課がまた騒がしくなった。

「『いずも』は、危ないんですか？　かなり来てるのは分かってますが、押しているように見えます」

三和には、海老原たちのやりとりが、理解できなかったらしい。斑尾も、方面隊の戦闘を見るのは初めてだ。しかし、ここにきて見えてきたことがある。斑尾がやっていたＲＴＳと呼ばれるジャンルのゲームに似ているのだ。むしろ、ＲＴＳが、実際の戦闘を模したゲームだからなのだろう。もちろん、パトリオットの運用に関わってきたという下地もある。

「押していると言うより、必死に押しとどめているって言う方が正確だと思う。『いずも』から上がった最初のF－35の接触では圧倒したけど、露払いとして先頭に立っていたスウィーパーの大半を落としただけ。彼らも、RTBを強いられたから、ストライクパッケージを止める力にはならなかった」

JADGE画面の中では、那覇から上がったF－15とF－35が、対艦ミサイルを抱えた戦闘爆撃機らしい航跡を援護している戦闘機と交戦している。

「敵のエスコートファイターは、ここで引くと対艦ミサイルを抱えた戦闘爆撃機がやられてしまう。だから、無理をしながら戦闘している感じね。残燃料では空自機の方が不利なはずだけど戦闘では優勢になってる。戦闘機の強みはその機動力だけど、下がることができないから、不利な態勢になって落とされてるように見える。でも、空自機は、もう少しで搭載しているミサイルがなくなると思う。このまま戦闘を続けられない。次の相手は対艦ミサイルを積んだ戦闘爆撃機やマルチロールファイターだから、機銃で戦闘することもできるかもしれない。でも、戦闘爆撃機でも自衛用の短射程ミサイルを積んでいることが多い。マルチロールファイターなら、重量負荷となっている対艦ミサイルを投棄すれば、格闘戦性能でもF－15と変わらない。機銃で落としに行ったら、逆に撃墜される可能性もある」

「もう弾切れですか……」

「そういうこと。ゲームじゃないんだから、ミサイルをバラバラ撃つなんて無理」

三和は納得してくれたようだったが、今度は後ろから問いかけられる。守本だ。

「それは分かりましたが、小森一尉が、那覇がどうのこうのって言ってたのは、どういうことですか？　こっちには来てないように見えますけど……」

斑尾は、どう説明したらいいのか思案した。本当にＲＴＳに似ている。見えているものが、全てではないのだ。

「空自機は、全部がＪＡＤＧＥの画面に映っている。身を隠す必要がないし、リンクもあるからね。でもＺの機体は、全てが映っているとは限らない。むしろ映ってない機体が必ずあると思った方がいい。レーダーがあるとは言え、水平線下は見えないし、Ｚは中国を想定しているからステルス機も配備されていることになってる。で、それに関係することとして、那覇の地上待機機は予備戦力だってこと。予備戦力を全て投入しちゃえば、まだ見えていない機体があった時に対処できない。那覇がやられてしまっては、どうしようもなくなるから」

「じゃあ、今那覇に向かってきている機体がありそうなんですか？」

斑尾は首を振った。

「その可能性は低い、と見たから予備戦力を投入してしまっても構わないって判断したんだと思うよ。それに、その予備戦力を投入しなければ、『いずも』に対艦ミサイルを発射されそう。護衛をしている艦艇がいるから、対艦ミサイルを撃たれたら即アウトってわけじゃないけど、もし一発でも防衛をすり抜けて命中したら、『いずも』からの戦力発揮は無理になる」

「それは分かりましたけど、副官も言うように『いずも』の周りには護衛の艦艇がいるじゃないですか。イージスもいるんですよね。大丈夫なんじゃないですか？」

斑尾は、またしても首を振って答える。

「今石垣島の南東にいるのは『いずも』を含む第一護衛隊群の八隻《せき》、イージスの『まや』と『こんごう』の他、対空ミサイルも装備した護衛艦五隻、合計七隻が輪形陣で防衛している。確かに、ある程度の対艦ミサイル攻撃だったら防衛できるよ。でも、母機の撃破はまず無理だし……」

「イージスでもですか？」

斑尾の言葉を遮ってきた三和の顔には驚きが浮かんでいる。斑尾は、再び首を振る。

「カタログデータを聞けば、イージスの方がミサイル母機を撃墜しそうだって思うかもしれないけど、まず無理よ。パイロットが自殺願望を持っていれば落とせるかな」

三和だけでなく、守本や村内まで怪訝な顔を見せていた。斑尾は、一度咳払いして話し始める。

「船は、海の上にいるってことが大きいのよ。大きさも航空機に比べたら遥《はる》かに大きい。さっきも戦闘機の強みは機動力だって言ったでしょ。これは、九Ｇで旋回できるって意味じゃない。重要なのは、危険な位置に入らないようにできるってこと。戦闘機対戦闘機の場合、お互いが動き回るから落とせる。船みたいに位置がバレバレだと、攻撃に来る機体は、危険な位置に入らないし、一瞬だけ危険な位置に入ってミサイルを発射したら、すぐに安全な位置に機動できる。だから、艦載の対空ミサイルが迎撃するのは、ほぼミサイルってことになる」

「でも、そうしたらペトリも、航空機は落とせないってことですか？」

三和は、意外と鋭かった。

「位置がばれていたらね」

斑尾の一言に、三和が「あっ」と声を上げた。だから、パトリオットに限らず、地対空《SAM》ミサイルは、擬装に努め姿を隠す。そして、その擬装をもろともしない対レーダーミサイルが天敵となるのだ。

「そういうことなのよ。だから、護衛が船だけなら、向こうのパイロットは、イージスのＳＭ－２ミサイルだって怖くないはず」

「ちょっと待って下さい。何が『だから』なんです？」

ちゃんと説明してやれば、防空戦闘に詳しくはない三和たちでも理解できる。とは言え、この『だから』が引っかかったのは村内だけだったようだ。斑尾は、少し意地悪に答えた。

「ちゃんとヒントは言ったよ。考えれば分かるはず。どうすれば、向こうのパイロットはイージスを怖がると思う？」

「護衛が船だけなら？」

自信なげに答えたのは三和だったが、それが正解だ。

「そう。船だけじゃなく、航空機がいれば、敵のパイロットにはイージスも恐怖になる。戦闘機が自由に動けると言っても、艦対空ミサイル《SAM》と戦闘機からの空対空ミサイル《AAM》を回避する方法は同じじゃない。艦対空ミサイル《SAM》から逃げれば戦闘機が脅威になり、戦闘機から逃げれば艦対空ミサイル《SAM》が脅威になる。だから、那覇を危険にさらしてもF‐15を上げたのよ」

斑尾の説明は、かなりざっくりとしたものだ。しかし、ちゃんと説明しようとしたら何日もかかってしまう。

ＪＡＤＧＥ画面の中では、那覇から追加で上がっていった四機が、ストライクパッケージに向かっていた。

「ＩＰ、２２２８。一〇機程度、大型機の可能性大」

既に嗄れきった声で、忍谷がひときわ大きく叫んだ。それだけ、脅威だということだ。

与那国島の南方二五〇キロほどの位置に『いずも』に向けて飛行する目標が突如として出

現していた。

「H－6か！」

　斑尾の口から、呟きが漏れた。

「爆撃機でしたよね？」

　後ろから、村内も驚きに満ちた声を上げる。斑尾は肯いて口を開いた。

「バシー海峡を抜けて来たんだ。『いずも』への攻撃を警戒してE－2を南に移動させていたから今の時点でトラックできたけど、前の位置だったらやばかった」

　バシー海峡は、台湾南部とフィリピンのバタン諸島の間にある海峡だ。台湾南部を迂回《うかい》してきたことになる。情報班長の亀居は、南シナ海方面でも航空活動の増大があったと報告していた。航続距離の長いH－6が、香港《ホンコン》か海南島方面から進出してきたのだろう。

「艦隊の対空防御だけで耐えられるか？」

　海老原の問いかけに、忍谷は「スタンバイ」と答え、左耳にもヘッドセットを装着して確認を始めた。右耳はDC、左耳は自衛艦隊司令部なのだろう。

「自艦隊からは危険との回答。イージス二隻を北側に寄せているため、南西方向はDDのみ」

　海自艦艇には、米海軍の船体分類記号に倣って艦種記号が定められている。DDは、イージスのような高度な防空能力を持たない汎用護衛艦のことだ。艦隊にとって、南西方向は弱点だった。

「上げた四機を回せるか？」

次の問いには、忍谷は右手を挙げただけだ。既に確認中らしい。DCからの答えを聞いているのだろう。器用だ。忍谷は、五秒ほど、手を挙げることで「スタンバイ」を示していた。手を下ろすとすぐに答える。

「回せますが、AB使用の進出距離が増えます。那覇まで戻せない可能性があります」

海老原は、一瞬沈黙すると、報告する。

「戻せない場合は、下地か宮古に降ろします」

簡潔というより、省略されまくりだった。斑尾は、脳内で補って理解しようと努めた。

「どういうことですか？」

三和に答えるにも、自分の頭の中を整理しながらでないと、説明できなかった。

「ちょっと前に那覇から上げた四機のF－15をストライクパッケージの迎撃から、H－6の迎撃に割り当てを変更しようってことだと思う」

斑尾は、一旦言葉を切って、その先の説明を考える。

「でも、間に合わせようとすると大量に燃料を使用するアフターバーナーを多用することになる。H－6は大型の爆撃機よ。長射程の対艦ミサイルを搭載している。そして、これを発射前に迎撃するとなれば、その対艦ミサイルの射程分も進出する必要がある。結果として、迎撃後は、那覇まで戻る燃料が不足するかもしれない。運用課長は、その場合は下地島空港か宮古空港に着陸させるって言ったんだと思う」

　斑尾が説明している間、溝ノ口も考えていたのだろう。重い声で決定を伝えた。

「五三警に九空団の支援準備をさせろ。『いずも』北西正面は、イージス艦対空ミサイル《ＳＡＭ》圏まで下がっても良い。これ以上の損耗は避けるように」

　溝ノ口の決定に、忍谷と小森を中心とした運用課の幕僚が動き出した。

　斑尾は、三和が質問を口にする前に説明する。

「司令官の言葉は、下地島空港か宮古空港にＦ－15を降ろしてしまった場合の支援準備をしろ、つまりアサインは変更するって意味だね。それと、ストライクパッケージの対処に当たっている『いずも』の北西側は、イージスの射程内に後退しても構わないから、これ以上撃墜されることを避けろってこと」

　少し前まで有利に見えていたエスコートファイターとの戦闘でも「シャットダウン」という友軍の被撃墜を意味するブレビティ・コードが聞こえるようになっていた。増援として向かっていたＦ－15がＨ－６に向かってしまえば、今よりも苦しくなることは間違いなかった。

　斑尾の右手は、いつの間にか胃のあたりを押さえていた。かすかに痛みを感じる。ＳＯＣは、運用課の忍谷や小森を除けば、さほど忙しそうにはしていない。しかし、下される一件一件の決定の重みが大きい。影響が大きかった。

F－15が、下地島空港か宮古空港に降りそうだと分かったことで、整備課の幕僚も何やら相談を始めている。どちらの飛行場も、弾薬はもちろん、戦闘機を飛ばすための器材はない。燃料も民間機とは異なるが、飛べないことはない。恐らく、民間機用の燃料を最低限だけ補給し、那覇に戻すことになるのだろう。

苦しいながらも、何とかこの侵攻は凌《しの》げるのかと思えてきた。斑尾は、静かに経過を見守っていたが、その祈るような思いは、忍谷の報告で破られた。

「IP、6991。ヘディング169。後続あり。LO－LO侵攻。メイビー、ミニストライクパッケージ」

久米島の北方三〇キロほど、那覇から北北西となる地点に、小規模のストライクパッケージを捕捉したという報告だった。低高度を侵攻してきたので、ここまで捕捉できなかったようだ。艦隊に向かうストライクパッケージやH－6をモニターするため、E－2が南に下がっていることも影響したはずだ。

「上がれるか?」

海老原の問いに、小森が苦しげに答える。

「二機が弾薬搭載中。AAM－4は完了、これからサイドワインダー《AIM－9》です」

「今すぐ上げさせろ!」

中射程のＡＡＭ－４があれば十分に戦える。もちろん、短射程でも機動性の高いサイドワインダー《ＡＩＭ－９》も搭載した方が望ましい。しかし、那覇から三〇〇キロは、一刻の猶予《ゆうよ》もない距離だった。溝ノ口を始めとしたＶＩＰも、振り返ることさえしなかった。

各部隊の現況表示を見ていると、沖縄本島のパトリオット部隊が戦闘態勢を整えて行く。スクランブルさせた二機が上がっていっても、とても攻撃を阻止できるとは思えなかった。新たに捕捉された敵機は、総数二〇機以上だった。

「那覇に空襲警報を」

海老原の声は落ち着いている。吠えてどうにかなる状況ではなかった。

「ペトリがいますけど、やっぱりダメですか？」

後ろからスクリーンをのぞき込むようにしている村内だった。

「さっき説明したイージスの話と同じよ。平時からそのまま緊迫してしまったって想定だから、ペトリ部隊は原配置から動いてない。攻めてくる方は、恩納《おんな》の一九高隊なんて、避けてしまえばいないのと同じだし、知念《ちねん》にいる二個高射隊は、那覇の後ろだから、さほど脅威じゃない。那覇にいる一七高隊だけが脅威になると思うけど、位置がバレバレだから、危険を回避しながらミサイル攻撃してくるだろうね。ＰＡＣ－３でミサイルを迎撃するのが関の山だと思うよ」

「ＰＡＣ－３って、弾道ミサイル用じゃないんですか？」

三和が目を丸くしていた。

「弾道ミサイル用だけど、弾道ミサイルを迎撃できるんだから、対地ミサイルだって巡航ミサイルだって迎撃できるよ。対地ミサイルの方が速度が遅いからよほど簡単」

斑尾は、意外と知られてないんだなと思いながらJADGEの画面に意識を戻した。

「艦隊の方は、大丈夫そうですね」

CPXを一番見慣れている村内だ。

「そうね。コレが現実だったら、とても落ち着いて見てはいられないかもしれないけど……」

ストライクパッケージは、艦隊にミサイルを発射可能な位置まで来ていたが、そこまで到達できた機体は多くない。イージス二隻が迎撃できるので、ミサイルが『いずも』に到達することはないだろうと思えた。ただし、無理に戦闘を継続したF－15は、かなりの数が撃墜されている。

H－6の方は、その全てを撃墜している。こちらの損耗もなかった。しかし、ECM機が混じっていたのか命中率が低かったのかもしれない。ミサイルはほとんど撃ち尽くしてしまったらしい。海老原は、どうせ宮古に降ろすならと、ストライクパッケージの方に差し向けていたが、ミサイルを残していたのは二機だけだと報告されている。

「こっちは、そろそろミサイルを撃たれますか？」

問題は、那覇だった。迎撃に上がったのは二機だけで、エスコートしていた戦闘機と交戦したものの数的にあまりにも劣勢だった。那覇と知念にいるパトリオットの地対空ミサイル《SAM》圏で交戦しているため、その点では多少マシだったものの、結局二機とも撃墜されてしまった。対地ミサイルを搭載していると思われる機体が那覇に迫っていた。

「たぶん、もう撃ち始めてる」

斑尾は、中国の対地ミサイルのスペックも記憶していた。もう射程圏内に入っているはずだ。まもなく、全て撃ち尽くしてRTBを始めるだろう。CPXに協力している古巣の五高群指揮所運用隊が、シミュレーションで迎撃しているはずだった。

彼らからの報告を受けている運用課の高射担当、刀根《とね》一尉が報告した。

「一七高隊残弾ゼロ。着弾は一〇発以上になるもよう」

斑尾は、大きく息を吐いた。陸上基地は、船と比べて遥かに堅牢《けんろう》だ。故障を修復する能力も高い。しかし、通常弾頭のミサイルでも一〇発も食らってしまえば、被害は甚大《じんだい》なはずだ。

ＳＯＣのあちこちで、報告を受けたらしい幕僚が、電話に齧《かじ》り付いている。

「那覇基地南東部、燃料タンク及び給油関連設備付近に着弾したもよう。火災発生中」

施設課の近藤《こんどう》一尉が報告すると、続いて意外な声が響いた。水畑だ。

「航空局《CAB》（Civil Aviation Bureau）から連絡。空港北の那覇港隣接区域で爆発、燃料タンクが燃えているとのことです」

立て続けに被害が報告され、SOCは、苦い雰囲気に包まれた。最初に報告した近藤だけでなく、その隣に座る補給課の筑紫《ちくし》一尉も青い顔をしている。

「那覇での継戦が可能か検討しろ。不可能な場合を予期し、飛行隊の予備飛行場への展開も検討するように」

斑尾は驚いた。いきなり溝ノ口が口を開いたからだ。このCPXの間、報告に答えることはあっても、溝ノ口がいきなり指示を出すことはなかった。それだけ、重大な事態だということだ。

「燃料タンクって、土盛りしてあるやつですよね。そんなに簡単にやられちゃうんですか?」

急に怪しげな雰囲気になったせいか、三和の声にも驚きが混じっていた。自衛隊の燃料タンクは、土中に埋められている。外見は、土の小山だ。爆撃を受けても壊されないよう防護されている。

「あの程度の土盛りじゃ、精密誘導が可能なミサイルが直撃すれば破壊されるよ。ミサイルの弾頭は、爆弾ほど炸薬《さくやく》を積んでいないけど、代わりに速度がある。方向性をもった速度エネルギー、つまりベクトルは、防護措置を貫通する効果が高いの。中国はテレビ画像誘導が可能な対地ミサイルを保有している。想定上のZも同じだった。あれで攻撃されたら防護されているタンクでも破壊されると思う」

「あれでも、壊されちゃうんですね。だったら土盛りなんてしても意味ないのに……」

三和の呟きは誤解だ。間違った知識を植え付けてしまうのはまずい。

「そんなことないよ。あの土盛りがなかったら、爆弾の破片が当たっただけでも、タンクは損傷するし、もれた燃料に火がつけば手が付けられなくなる。土盛りがあれば、ミサイルはタンクの数だけ必要だけど、土盛りがなかったら、一発で全部のタンクがアウトだろうね。だから、水畑一尉が報告していた民航側のタンクは全滅だと思う。むき出しだから。すぐに消火活動ができれば残るタンクもあるかもしれないけど、ミサイル攻撃されてたんだから、すぐに動くなんて無理だろうし……」

「え、空自のタンクは残ってるってことですか？」

斑尾が説明すると、三和は、また驚いていた。斑尾は、全てのタンクが壊されてはいないだろうと常識的に考えた。しかし、知識の基盤が違えば、その常識が違うのだった。

「残っているタンクはあると思うよ。タンクに命中させるには、テレビ誘導のミサイルじゃないと厳しい。最初の一発は簡単。でも、二発目は、すぐに飛んできたら、土埃《つちぼこり》や煙で近くのタンクが見えない。だから、間隔を開けて攻撃しなきゃいけない。もうＲＴＢし始めているから攻撃は終わってる。全てを破壊するのは難しかったはず」

「だったら、まだやれるんじゃないですか？　タンクって、かなりデカいですよ」

「どうだろう。それを今確認しているはずだけど、痛いのは、給油関連設備じゃないかな。あれを破壊されたら、燃料タンク車に燃料を移すことが難しくなるはず。最悪、手動のポンプでタンク車に給油すれば給油はできるだろうけど、やる？　F－15なんて、ドラム缶一本分の燃料を一瞬で使い切るよ」

何も、手動のポンプだけでなく、電動のポンプもあるだろう。しかし、本来の設備とは能力的に比べものにならない応急のものだ。本来の設備を修復することが大前提となる。単なる故障ではない。攻撃され、破壊されたものは、全てを撤去し、新たに作り直すことになる可能性が高い。それまでは、応急のポンプを使う他、燃料タンク車に入れてある燃料で行動するしかない。

施設工事は、どんな応急的なものでも数日でどうにかなるものではないはずだ。影響は必至だった。栗原がマイクを持ってアナウンスする。

「作戦会議を三〇分後に開始します。各部課は、それまでに報告準備をお願いします」

＊

これまでの作戦会議と異なり、最初の報告は被害状況だった。

「航空機の損害は約半数。帰投はしたものの損傷を受けた機体もあり、稼働機はF－15が一四機、F－35が一六機です。弾薬の残りが減少しておりますが、稼働機が減少していること、他方面から輸送が計画されているため、当面は問題ありません。ペトリ、基地防空部隊は攻撃を受けていないため健在ですが、ペトリの残弾は残り少なくなっています。補給は航空機用弾薬を優先して計画しています」

整備課の芹沢三佐が、補給を含めて報告すると、海自の状況を栗原が報告する。

「海自艦隊は健在ですが、対空ミサイルの大半を射耗しており、補給を受けるために後退中です」

次に演台に上ったのは施設課の近藤一尉だ。注目の視線を浴びて、緊張しているのが見て取れた。

「那覇基地の燃料タンクは、五基中三基がミサイルの直撃を受け全壊、発生した火災の影響で一基が損傷しており、現在も燃料の流出が続いています。即時使用可能は一基のみで、給油可能な油量は約六〇ソーティ分に留まります」

この報告で、SOC内に衝撃が走った。約三〇機の稼働で、燃料タンク内の燃料が六〇ソーティ分ということは、各機が二回しか飛べないという意味になる。一ソーティは、一回のフライトだ。息を呑む音を聞きつけ、近藤が慌てて後ろを見た。そこに控えているのは、補給課の筑紫一尉だ。筑紫が近藤を押しのけるようにして壇上に上がった。

「この他に、燃料タンク車内に積んでいた燃料が、約一〇ソーティ分あります。また、本島内の使用可能な航空燃料を集められないかも確認中です。空幕では米軍から供与を受けることも検討し調整が行われております。また、那覇空港民航側のタンクは全て損傷しており、現在の所、復旧の目処《めど》が立っておりません。さらに、航空燃料に限らず、沖縄本島の石油受け入れ施設である洋上バースにも攻撃を受けたところがあるようです。これについては、まだ損害を確認中です」

筑紫が演台を降りると、奇妙な静けさが訪れた。

「どうなんですか？」

その静けさに合わせるように、三和が囁くようにして聞いてくる。演台には、人事課の風見《かざみ》一尉が向かっていた。死傷は撃墜されたパイロットと消火活動中に事故にあった隊員のはずだが、そもそもＣＰＸだ。実際には誰も死んでいないし怪我《けが》もしていない。斑尾は、三和の問いに答えた。

「絶望的……なんだと思うよ。多少は飛べるけど、那覇で戦闘を続けるのは無理だろうね」

「飛べるのにですか？」

斑尾は、相手の立場に立って問いかけた。

「敵は、明らかに燃料を狙ってた。残燃料が乏しいことは分かってる。私がＺの指揮官なら、一〇機とか二〇機とか、無視できないだけの数を那覇に向けて飛ばす。三和三曹が指揮官だったら、どうする？」

「そんなに来たら、何とか戦えそうな数だけスクランブルさせる……かな。四機とか六機、向こうが本気の様子なら追加で上げる感じで」

斑尾は、肯いてその先に訪れる未来を告げる。

「で、私がZの指揮官なら、接触の直前で引き返させる。それを何回か続ける。空白はどうなる？」

「燃料切れですね……」

「そう、後は通常爆弾を積んだ敵機が那覇の真上に来ても、指をくわえて見ているしかできない。飛べない戦闘機は、地上で破壊される」

もちろん、そんな間抜けを演じることはできない。風見の報告が終わり、栗原が代替飛行場について報告を始めていた。

「嘉手納、普天間《ふてんま》などの在日米軍基地については、政府がアメリカと交渉していますが、アメリカ政府が今回のZとの衝突に関しては関与しない方針を示しているため、使用できる可能性はほぼありません。沖縄県内の空港では、三〇〇〇メートル級は下地島空港のみ、二〇〇〇メートル級は与那国、新石垣、宮古、久米島の四空港です。鹿児島《かごしま》県の離島では、徳之島《とくのしま》、奄美《あまみ》、種子島《たねがしま》の三空港が二〇〇〇メートル級です。下地島は、依然として政治的に目処が立ちません。二〇〇〇メートル級の場合、運用にも制限を受けるため、那覇より西に出る場合は、危険も高まります」

斑尾は、報告を聞きながら親指の爪《つめ》を噛《か》んだ。代替飛行場に戦力を移動させると言っても、どこでも良いわけではない。『いずも』を防護しようとした結果ではあるものの、那覇ですら攻撃を受けた。航空機も半数を失っている。Z国軍機は、それよりも遥かに多数を失っていたが、保有する総機数が違いすぎる。石垣島や宮古島に出ることは危険だった。

「どうなるんでしょう？」

三和の疑問に、直ぐさま答えることはできなかった。答えは明確だ。言い難いだけだった。

「下がるしかないと思う。徳之島か奄美大島だろうね」

「そこから尖閣を守れるんですか？」

斑尾は首を振った。JADGEの画面を見ながら、目測で距離を測る。

「徳之島から尖閣だと……六〇〇キロ近い、奄美からだと七〇〇キロくらい。E－2を上げていてもスクランブルしたところで間に合わない。戦闘になった場合も、那覇から上がるよりも更に不利」

その後も、幕僚が報告を続け、全ての報告を受けた溝ノ口が決定を下した。

「飛行可能な航空機は、奄美空港に移動させる方向で、総隊、空幕と調整を図れ。高射部隊、基地防空部隊の機動については、継続検討。それまでは原配置で警戒。奄美空港展開部隊に対しては南警団に支援させる」

ここまで告げて、溝ノ口は沈黙した。しかし、マイクは握ったままだ。その先の言葉を予想し、幕僚は全員が沈黙していた。

「Ｚの意図は尖閣にあるはずだが、このような状況になれば、沖縄県民世論に配慮が必要だ。また見捨てるのかと言われる可能性もあるだろう。総隊と調整を図りながら至急記者会見を実施する」

溝ノ口がマイクを置くと、一気に騒がしくなった。斑尾も腰を上げた。

斑尾は、記者役をご免になった。本来の仕事をするためだ。さすがに溝ノ口の顔にも疲れが見えていた。

「お疲れ様でした。会見素案を総務が作業中なので、今のうちに化粧をやってしまいたいと思います」

ＶＩＰ控室に入ってもらい、肘掛《ひじか》けなど邪魔なものが少ない椅子に座ってもらう。斑尾は、回数は多くないながらも練習した成果を発揮した。

「化粧をする話は、その場の勢いで言っただけだったんですが、今になってみれば、言ってよかったと思います」

「そんなに酷《ひど》い顔か？」

斑尾が手を動かしながら話すと、溝ノ口は驚いたように言った。ＣＰＸの〝状況〟は連続していない。それほど疲れたという自覚はないのだろう。

「いえ。そんなに酷いわけではありません。確かに普段と比べるとお疲れのようには見えますが……」

斑尾は、少し考えて言葉を継ぐ。

「ただ、この後の会見内容を考えると……内容はもとより、力強く見えることが必要だと思いました」

「そうだな。これもCPXの成果か。後で栗原三佐に言っておいてくれ」

報告書に書き加えさせるという意味だろう。その後は、手を動かしたものの、イマイチだった。力強い感じが必要と言いながら、そうは見えない。目力という言い方があるが、それが足りないのだ。

「とりあえず完了しました。会見直前に手直しというか、補強できれば考えます」

「ありがとう。そろそろ素案もできるだろう」

総務課に化粧が終わったことを伝えると、水畑が会見素案の報告にやってきた。斑尾は、壁際に控えてその様子を窺いながら、守本に話しかけた。

「目に力が足りないような気がするんだけど、どう思う」

「そうですねぇ。確かにそんな気はしますけど、単なる疲れ目じゃないですか？　ずっとスクリーンを見つめていたら、疲れると思いますよ。副官には、まだ分からないかもしれませんけど、経年劣化はありますからね」

経年劣化とか経年変化は、自衛隊内で時折耳にする言い換えだ。老化とは認めたくないが、老化を認めざるを得ない時に使う。守本もそうなのだろう。

「そうなると、化粧じゃどうにもならないね」

斑尾は、そう言うとＶＩＰ控室を出た。最前列に医務官が座っていたが、雑事で山城《やましろ》に話しかけるのは気が引けたし、山城自身に手配ができるわけでもない。ＳＯＣを見回して医務官室メンバーを探す。反対側の壁際に柿山《かきやま》三佐が立っていた。斑尾は、壁際をぐるっと回り柿山の下に足を運ぶ。

「柿山三佐、すみません」

斑尾が、記者会見のために疲れ目に効く薬をもらえないかと頼むと、柿山はＶＩＰ控室に届けさせると言ってＳＯＣを出て行った。

「目薬待ちか……他に何かできることはないかな？」

独りごちて、控室に戻った。

＊

目薬は、ぎりぎりのタイミングで間に合った。本人に任せず、斑尾が点眼した。施した化粧に影響が出ないよう、ティッシュで余分な目薬を吸い取る必要があったからだ。普通に点眼するよりも、時間がかかってしまったが、多少なりとも目はすっきりしたようで、目力が戻ったように見えた。

記者会見の冒頭、溝ノ口は演台に上がる前に、深々と頭を下げた。周りが自衛官のみなこともあっただろうが、記者役の統裁部要員も含めて息を呑んだ。

この会見の状況は、ビデオ映像がSOCにも流されている。目を見張っているだろう。一〇秒近くも頭を下げていた溝ノ口は、顔を上げると壇上に上り、重い声で話し始めた。

「まず最初に、Z国による那覇を中心とした攻撃を防ぎ切れなかったことをお詫《わ》びします」

溝ノ口は、そう切り出すと、大まかな戦闘経過と被害状況を話し始めた。ただし、図は使用せず、言葉で語るだけだ。被害状況についても数字は語らない。多数とか一部という表現で留める。CPXはこれで終わるとしても、〝状況〟の中には未来も存在する。Zとの衝突が沈静化していない中で、詳細は明かせなかった。

「以上のことから、戦闘機部隊の那覇での活動継続は困難と判断しました。残余の戦闘機は、奄美大島空港に移転させる方向で、調整をしております。他にも関連部隊を機動させる可能性もあります。しかし、そうなった場合でも、自衛隊は沖縄の防衛を継続します。南西航空方面隊は、那覇に在り続けます。沖縄の防衛を放棄するわけではありません」

質問の時間になると、支援で統裁部に来ている田端三尉がすかさず手を挙げる。

「具体的な撤退の時期はいつになるのでしょうか？」

「撤退するわけではありません。戦闘継続のための移動です。損傷した給油関連施設がある程度復旧すれば、部隊は那覇に戻る予定です。また、移動自体も、現在上級部隊と検討中であり、移動先を含めまだ確定ではありません」

燃料給油ができないが故の移動だったが、旧日本軍が撤退を転進と言い換えていた事実もあり、言い訳のように聞こえてしまう。そもそも、苦しい状況での会見だったが、田端も場慣れしてきたようだ。

「もう一つお聞きします。沖縄の防衛を放棄しないとのことでしたが、奄美大島から沖縄の防衛が全うできるのでしょうか。特に、かなりの遠方となる先島、そして尖閣の防衛は可能なのでしょうか。先島に移動する可能性はないのでしょうか？」

厳しい追及のようだが、同時に助け船のようにも見える質問だった。しかし、答え方は難しい。

「確かに、先島や尖閣への距離は遠くなるため、困難は増すでしょう。しかし、Z国は、航空機だけでなく、船舶や地上へも攻撃すると宣言しています。効果的な防衛態勢を維持するため、奄美大島への移動を計画しています。下地島は有力な移動先候補の一つではありますが、県との調整ができないこともあり、見送っております」

下地島が使えていれば、状況は違った可能性もある。それに言及はしておきたいが、同時に、県を悪者にすることも適切ではなかった。その後も、質問が続いた。今までの会見と異なり、防戦一方だった。

しかし、溝ノ口は、これを見せたいと思っていたのかもしれない。斑尾は、目薬を点眼した後に、溝ノ口と交わした言葉を思い出した。


「さて、これで戦支度はＯＫかな？」

「戦支度ですか。今度は敵役をやらなくて良いようなので、安心です」

斑尾は苦笑しながら答えた。

「ん？　それは少し誤解だな。敵は記者ではない」

「え？　では、誰が敵なんでしょう？」

「なんと表現すべきかな……そもそも、戦いということが違うのだろうな。勝利条件は、論破することではない、説得することだ。いや、説得も少し違うかもしれないな。言葉で言い尽くせることではない気がする。誠意を見せることが勝利条件か」

「誠意を見せることですか……」

溝ノ口の真意は、よく分からなかった。

「ああ、それを踏まえれば、戦支度ではなく、死装束かもしれないな」

溝ノ口は、そう言って笑っていた。

演台で追及を受ける溝ノ口は、サンドバッグ状態だ。しかし、殴られても下がってはいない。

「損耗した戦力は、他の方面から補充される予定です。南西航空方面隊は、沖縄を守り続けます」

住民理解がなく、代替飛行場が確保できない状況では、十分に戦えない。それは、CPXの経過を見ていれば分かった。会見で下地島に言及したことでも、それは分かる。そして、その住民理解を得なければ、この〝状況〟の先は、更に戦えない。

溝ノ口の姿を見ていると、彼が住民理解を得ることこそ、この〝戦い〟の鍵《かぎ》なのだと認識しているのだと思えた。

「戦略・作戦レベル……じゃないな。もっと上……か」

斑尾は、心の中で呟いた。

＊

記者会見が終了すると、すぐに状況終了となった。今は、撤収作業が行われている。三日間もやっていると、CPXとは言えSOCに持ち込んだものも多い。特に、統裁部関連の設備は、本来のSOCに必要がない。臨時に設置した有線回線の片付けが一番大変なのだそうだ。通電課とDCを運営する南西防空管制群の警戒通信隊が作業に追われている。

この後は、溝ノ口が講評を行い、演習終了となる予定だった。講評素案は、防衛部長の幸田が指導を受け、防衛課がまとめている。栗原がパソコンを叩いているはずだ。

斑尾は、溝ノ口と共に司令部庁舎に戻ってきた。先ほど、幸田が司令官室を出たので、今は溝ノ口と統裁官を務めていた目黒、それに馬橋が講評に向けて話をしていた。

斑尾は、溝ノ口からリクエストがあったため、盆にアイスコーヒーを三つ並べ、司令官室に向かっていた。

「副官、入ります」

三人は、ソファに腰掛けていた。テーブル上には資料も何も置かれていない。斑尾は、コースターの上にグラスを置き、シロップとミルクの入ったバスケットを中央に置いた。

「副官のせいで、被害が大きくなったが、参加者はショックを受けてなかったか？」

目黒だった。VIPへの報告は、それぞれの幕僚が、それぞれの担当幕僚としての立場を踏まえて行われる。言わば公式報告だ。雑談で話される本音とは違っていることも多い。副官に、そうした本音を求められることも少なくないのだと、最近になって分かってきた。しかし、質問内容以上に気になった言葉があった。

「私のせいですか？」

斑尾が反問すると、目黒はさも当然とでも言いたげに答えた。

「〝状況〟の蓋然性《がいぜんせい》に疑問を持っている幕僚が多いと聞いたぞ。それもあって、当初の予定よりもショックを与えた方がいいだろうということになった。もともとの予定では、ここまで被害を出す予定じゃなかったからな」

今朝のことだ。登庁した溝ノ口は、目黒に話しに行っていた。それは、前日の車内で斑尾が溝ノ口に話したことがベースにあったのだろう。

「そうでしたか」

車内での雑談が、偵察結果報告のようになっていたらしい。今また、偵察結果報告を求められているのだった。状況終了後、斑尾もＶＩＰ控室の撤収作業を行ってから戻ってきた。ドタバタはしていたが、何人かの幕僚と話はできた。

「司令官の記者会見は、確かにショックでした。他の方々も、やはりそうだったみたいです。それだけに、今回演練にならなかった地対空ミサイル《ＳＡＭ》配置についても、『考えなけりゃいけないな』なんて言っている方もいました」

「どういう意味だ？」

馬橋に聞き返された。言葉足らずだったようだ。

「軍事的合理性で考えると、航空機を奄美に送ったのなら、その防護のためにペトリも機動させるべきだろうと思います。少なくとも、私はそう思っていましたし、同じように考えている方が多かったと思います。もちろん、機動は大変ですから、短期で航空機が戻ってこられるなら話は別です。ですが、あの被害状況では、那覇での航空機運用能力を回復させるには、かなり時間がかかるだろうと思えました」

各地の石油受け入れバースが被害を受けたことも大きかった。被害が基地だけに留まらなかったことで、復旧にはより時間を要すると見込まれていた。

「ですが、あの状況でペトリまで動かしてしまったら、那覇を中心として沖縄本島の住民感情がどうなるのか、そして、それが自衛隊の運用にどう影響するのかを考えた時、合理性だけで考えてはマズイのではと思えました。特に、長期的な影響を考えた場合には、相当の悪影響があるように」

そう答えると、溝ノ口は肯いた。

「それなら、多少のショックはあっても良かっただろう。あまり大きな被害が出る演習では、士気を考えるとあまり好ましくはないが、そんな風に感じ取れているのなら、それでいい。中央にも伝わるはずだ」

溝ノ口は納得の表情を見せた。斑尾は、静かに頭を下げて部屋を出た。

＊

「やっと終わったな」

車が三三一号線に乗ると、溝ノ口が安堵したように言った。

「司令官にとっても『やっと』でしたか」

「まあな。普段と比べれば気疲れする。それに、百聞は一見にしかずというだろう。演習は実戦ではないが、極力近づけて演練する。百の言葉を尽くすよりも、よほど効果的なのは間違いない。それぞれの幕僚に、百回も指導していられないからな」

「確かに……そうですね」

斑尾は、ほぼ見ていただけだったが、それでも得たものは多い。

「それに、階級は空将でも、より上、総隊司令官、空幕長に統幕長、更には防衛大臣にもの申せる機会は多くはない。成果報告として意見を言える貴重な機会だ。これだけのシミュレーションは、簡単にはやれないからな」

「講評でも仰っていた『住民理解』をキーポイントで報告するのでしょうか？」

「講評の素案にもその言葉を入れて話したんだ。当然、それを踏まえて報告文書を起案するだろう」

栗原には、こっそりと「相当に思い入れがあるみたいですよ」と教えてあげた方がいいかもしれない。講評は、防衛課が作った素案がかなり修正されていた。

車窓の先を影絵のような街並みが流れて行く。尋ねるなら、今日の内がいいだろう。斑尾は、三日間の演習で疑問に思ったことを口にした。

「昨日もお聞きしましたが、やはり今後の戦闘は、今回のＣＰＸのようになるのでしょうか?」

「ん? どういう意味だ?」

「その……こういう事態が起きかねないということは理解したのですが、いわゆる本格的な防空戦闘が起こる可能性は、低下してゆくのでしょうか?」

今日の午後は、大規模な戦闘だったが、自衛隊側だけでなく、Z国側も作戦に制限を受けていた。

「どう言うべきかな……」

斑尾の問いに、溝ノ口は、しばらく考え込んでいた。

「パーセンテージで言えば、もちろん低下する。戦争のあり方以前に、国家のあり方、世界のあり方が変わっている。アメリカがベトナム戦争に敗れ、アフガンからも撤退するのは、アメリカが弱かったからではない。ベトナムにせよ、アフガンにせよ、太平洋戦争で日本と戦った時のようにしていれば、どちらも簡単に屈服させていたはずだ。ベトナムのような空から隠れることのできる森がないアフガンなど、民間人被害を気にしなければ、どうにでもできたはずだ。しかし、そんなことはできない。それに、世界は米ソの二強でもなくなった。中国が伸張したし、NATOも相応のプレーヤーだ。どこの国が戦端を開く場合でも、第三、第四のプレーヤーの存在を忘れることはできない。政治的配慮なく軍事作戦を行えない時代になった。だからROEも存在する」

そう答えた溝ノ口から、逆に問いかけられた。

「副官は、何が気になっているんだ？」

斑尾は、CPXの最中、心の中でくすぶっていた疑問を投げかけた。

「私は、高射のプロフェッショナル、それも戦術のプロフェッショナルを目指したいと思っています。ですが……CPXを見ていて、戦術のプロフェッショナルに存在意義があるのかどうか……活躍の場があるのかどうか疑問に思えてしまいました」

溝ノ口は、なかなか回答をくれなかった。助手席から振り返ってみると、車窓から外の景色を覗いていた。斑尾の視線に気付き、おもむろに口を開く。

「むろん、意義はある。活躍の場は、確かに減るかもしれないが必要だ。しかし、そんなことは、副官も分かっているだろう？」

「はい。それはもちろん」

「しかし、それでも疑問を感じた」

溝ノ口の言葉は、確認ではなかった。斑尾の心を代弁したようなものだ。

「その疑問は、自衛官として……いや、似たような疑問は、一人の人間として、誰でも抱くし、誰にとっても必要なものだ。そして、その答えは、私が教えるべきものでも、教えられるものでもない。副官が、自分で考えるべきものだな」

そう言うと、溝ノ口は微笑んでいた。

「大いに悩むといい。俺も悩んだ」

悩みは、尽きそうになかった。

第三章　副官とヤバイ話Ⅱ

斑尾は、幹部食堂を出ると、帽子かけから自分の帽子を取って目深にかぶる。自衛隊での正しい帽子のかぶり方だ。そのまま写真を撮ると、目の周りが暗くなってしまうほどなので、光の具合によっては、配慮をしなければならない。

帽子をかぶると、ほとんどの者が、直《す》ぐにまばゆい日差しの中に出て行ってしまう。幹部食堂内のＶＩＰエリアに近い窓を、外からのぞき込む斑尾は珍しい存在だった。それでも、さして注目されることはない。南警団の知多二尉《ちたにい》など、隷下《れいか》部隊の副官も似たような動きをするからだ。ＣＰＸが終わって一週間ほど経《た》ったこの日、九空団司令や南警団司令は、食事に来るのが遅かったのか、このタイミングで窓に張り付いている副官は斑尾だけだった。

溝ノ口と目黒は、食事を終え談笑していたが、まだ立ち上がりそうにない。くちくなった自分の腹を叩《たた》くと、ポンと小気味良い音がした。思わず視線を下げ、指で腹をつまむ。つまめてしまった……

副官に就いてから、確実に運動する時間が減っていた。食事の量も修正していたつもりだったが、追い着いていないようだ。

「おやつを我慢した方がいいかな」

出張などで他基地に行く際には、お土産《みやげ》を持って行く風習がある。司令官の下を訪れる者が多いため、おやつに不自由することはなかった。

斑尾が、焼け石にスポイトで水を垂らすがごときその場足踏みをしていると、一般幹部用出入り口から見知った顔が出てきた。あまり顔を合わせたくない相手、CPX前に、宗教団体の勧誘冊子を渡してきた五高群の吉岡だった。

無視もできない。斑尾は「お疲れ様です」と言って軽く敬礼し、すぐに視線を窓に戻す。『話し込まないよ』というサインを送ったつもりだったが、吉岡はそのサインに気が付かなかったのか、あるいは気にかけるつもりがないのか、声をかけてきた。

「斑尾二尉、以前の話で気になったことがあるんだ」

「な、なんでしょう」

ここは多くの人が行き交う食堂の入口だ。話したくない話題を出されて焦る。斑尾の心情を知ってか知らずか、吉岡は、まるでえぐるような目で問いかけてきた。

「報告されたら、それこそ将来の目がなくなるって言ってただろ。しかし、あの冊子には、将来の目がなくなるようなことは書いてない。どうしてそう思ったんだ？」

「えと……どうだったでしょう。もう半月ほども前のことですから、よく覚えてないですけど」

「何を見た、というのは覚えてないかもしれないが、それほど危険に思えたなら、記憶しているキーワードくらいあるだろ。無謬《むびゅう》の何とかって言ってたよな？」

そろそろ溝ノ口たちの談笑も終わるだろう。長話をしている余裕はない。適当に話をしてでも打ち切りたいところだった。

「あ、そうです、それ。『無謬の存在』でしたよね」

語感からしてヤバそうだ。これで吉岡が納得してくれることを祈る。しかし、彼の瞳《ひとみ》は、獲物《えもの》を狙《ねら》う狩人《かりゅうど》のように細められた。

「あの冊子には、間違うことのない存在とは書いてあるけど、『無謬の存在』という言葉は書かれていない。書かれているのはホームページなどだ。あの冊子は一般向けで、言葉も吟味されて、分かり易《やす》いものに直してある。俺《おれ》は、ホームページは教えてない」

吉岡は、睨《にら》むような目をしたまま、一歩を踏み出してきた。

「あ、多分検索したんじゃないですかね」

「じゃあ、ホームページで『無謬の存在』も見たのか」

「そうだったと思います」

苦し紛れの言い訳に、吉岡は首を振った。

「冊子の言葉で検索しても、ホームページは出てこない」

斑尾は返す言葉が見つけられずに固まった。嵌《は》められたかもしれない。

「後で連絡する」

吉岡は、耳元で囁《ささや》くように告げて立ち去った。斑尾が呆然《ぼうぜん》として後姿を見送っていると、VIP出入り口から溝ノ口と目黒が出てきた。慌てて彼らの帽子を手に取って渡す。

二人は歩きながら談笑していた。斑尾は、呆然としたまま後に続いていたが、気を取り直して考え始めた。吉岡は、何をするつもりなのか。そして、自分はどうすべきなのか。

ホームページを見ていたことは、吉岡にばれたようだ。冊子から黎峰会のホームページにたどり着くことができないとすれば、斑尾は、吉岡と黎峰会の関係をどこからか知り得ていたということだ。その『どこ』を疑った時、自衛隊内には一つしかない。情報保全隊からの情報を、どこかを経由して斑尾が耳にしたと思うだろう。

そして、その経由として想像される可能性もごく一部だ。溝ノ口を始めとしたVIPだという結論になるはずだった。

斑尾が、どうすべきかと思案した時、自分の足が止まっていることに気が付いた。それは、前を歩く二人が歩みを止めていたからだ。斑尾が視線を上げると、二人とも、斑尾を見ていた。

「副官、なにをぼ〜っとしている？」

大柄な目黒から、声のトーンを落として問い質《ただ》された。

「失礼しました！　考え事をしていたもので……」

「副官は、金魚の糞《ふん》として後ろに付いていればいいというものじゃないぞ！」

副官経験者の目黒は、副官の在りように厳しかった。慌てて頭を下げる。

「すみません。気をつけます」

ゆっくりと時間を取れる場所を確保し、考えを巡らせる必要があった。

＊

食堂から戻ると先に食事を済ませている守本に副官室の番を頼んだ。

「ちょっと考え事をする。会議室にいるから、何かあったら呼んで」

どうするか考えなければならない。昼休みが終われば、ゆっくりと考え事をする余裕はないはずだ。

斑尾がホームページを見ていたことが吉岡にばれたのは間違いないように思えた。保全に関《かか》わる資料を見た可能性を考えているかもしれないが、それはホームページ以上だ。斑尾が、どこで黎峰会のことを知ったのかは確証を得ることはできないだろうが、副官というポジションから、司令官を始めとしたＶＩＰや監察官室を情報の出元として疑うに違いなかった。

吉岡がカマをかけて探ってくるということは、こちらが情報流出に気をつけていると、吉岡が認識していることを意味する。宗教を理由に、不当な扱いを受けていると思っているのかもしれない。問題は、吉岡がどう動くつもりなのかだ。

会議室には机がコの字型に並べられていた。斑尾は机に合わせて置かれていたパイプ椅子《いす》を引き、どっかと腰を下ろした。思索に集中するため、机に手を突いて掌《てのひら》の裏に額を押しつける。瞼《まぶた》を閉じれば、思考にインタラプトしてくる光は消え去った。

最悪のパターンは、黎峰会という宗教団体やマスコミを巻き込み、裁判に訴えることだ。裁判にまで至らなくとも、マスコミまで巻き込むことになれば、自衛隊にとってはかなりの問題になる。このパターンになるのであれば、斑尾は直ぐにも溝ノ口に報告しておかなければならない。対応には南西空に留《とど》まらず、空幕や省を巻き込む。斑尾が、吉岡に情報を漏らしてしまったことで問題が発生したことになるので、しこたま怒られるだろう。しかし、仕方がないことだ。

吉岡が、正規のルートで抗議してくる可能性もある。つまり、吉岡が五高群司令に報告し、そこから報告が上がってくるケースだ。この場合は、急いで報告する必要はない。怒られることに変わりはないが、それほど大きな問題にはならないし、緊急で動く必要もない。

残る可能性は、斑尾個人に文句を言ってくることだ。この件は、吉岡にとっても、食堂の外、第三者が行き交う場所で話し続けたい話題ではなかったはずだ。後で連絡すると言ったことからも、それは分かる。それに、外部を巻き込む場合、吉岡にとっては、自衛隊内でのキャリアを捨てる行為になる。真っ向から自衛隊に敵対することになるのだから当然だ。正規ルートでの抗議でも、上にいる者の判断次第では潰《つぶ》される可能性を考えるだろう。その可能性は吉岡も懸念しているはずだ。直接に文句を言ってくる場合、斑尾に不満をぶつけながらも、その目的は、斑尾から情報を引き出すことにあるはずだ。斑尾が黎峰会のことを知っていたとしても、自衛隊が、組織としてどれだけの対応をしようとしているのか、吉岡が分かっているはずはなかった。

吉岡のためを思うなら、様子を見るべきだ。斑尾に抗議しながら、吉岡自身や黎峰会がどれだけ危険視されているのか探ってくるのなら、彼の自制を促すこともできる。

しかし、斑尾が様子を見ようとした結果、吉岡が外部を巻き込んだ場合、部隊の対応は後手に回ることになる。そして、その時糾弾されるのは、斑尾ではなく溝ノ口になるはずだった。

『それは、嫌だ！』

斑尾は、心の中で叫んだ。斑尾のミスで、溝ノ口が非難されるのは最悪だった。全《すべ》てを守ることはできない。極言すれば、溝ノ口を取るか、吉岡を取るかという決断になる。

それに、そもそも論として、吉岡自身が自衛隊に弓を引きかねない宗教に関わっていることが問題なのだ。考えを整理してみれば、迷うべき選択ではなかった。

斑尾は、立ち上がると両の掌で頰《ほお》を打った。

「よし！」

気合を入れ、会議室を飛び出す。

＊

斑尾が副官室に戻った時には、午後の課業時間に備え、報告に入る幕僚《ばくりょう》が並んでいた。その状態でフライングすることはできず、報告者の流れが途絶えることを待っていると十五時近くになってしまった。

「私が報告することもあるから、ちょっと早いけどお茶にしよう」

斑尾が言うと、三和が立ち上がる。

「コーヒーと日本茶、どっちがいいでしょう？」

「お茶請けは、ソフトクッキーみたいなのがあったよね？」

斑尾がコーヒーの方がいいかと考えていると、村内が声を上げた。

「お昼休みの副官が外している間に、総務から生菓子を頂きました。冷蔵庫に入れてあります」

「それなら、先にそっちを出さないとだね。日本茶にしよう」

三和と共に日本茶を淹《い》れ、司令官室に向かう。もう気軽に司令官室に入れるようになっていたが、着任直後のように緊張した。

「副官入ります」

茶托《ちゃたく》に載せた湯飲みと菓子皿に載せた練り切りを執務机の端に置く。

「練り切りは、総務からのお裾《すそ》分けだそうです」

些細《ささい》な人間関係に関することだが、溝ノ口は誰《だれ》からのお土産なのか気にかけている。お裾分けなら覚えておく必要はない。ちなみに、目黒には報告が必須《ひっす》だった。馬橋はそれほど気にしていない。

いつもなら、ここで溝ノ口から何か命じられる雰囲気がなければ、直ぐに退出する。溝ノ口は湯飲みを手に取った。特段、声をかけられそうな様子ではなかったため、斑尾から口を開いた。

「一件、報告があります」

普段でも、報告がある時は姿勢を正す。いわゆる気を付けの姿勢だ。その気を付けの姿勢には、一般人には分からない程度の差がある。この時は、ことさら厳格な気を付けの姿勢をとった。「どうした？」と返した溝ノ口の声にも、それが伝わっていることが分かる。

「先日伺った五高群本部の整備係長、吉岡一尉のことです。その話を伺ったしばらく後に、勧誘用と思われる冊子をもらいました。あまり極端な反応を見せるのは良くないと思ったので、いったん受け取った後、返却した上で宗教活動をするのは良くないのではないかと忠告しました。ですが、その時の私の対応に問題があったようで、私が吉岡一尉の宗教活動について知っていることを気取られていたようです。今日の昼食後に、食堂の外でカマをかけられて、さほど警戒していなかったこともあって、引っかかってしまいました。私が知っていたことを確信していると思います。申し訳ありません」

決めていた内容を一気に報告した。

「事前に知っていたことを、はっきりと話したわけではないんだな？」

「はい。ですが、冊子を受け取った後、私が宗教団体のホームページを見ていたことが、ばれています。その冊子は、勧誘の最初に使うものらしく、その冊子の内容からホームページには行き着けないように作られていたようです。そこから、私が吉岡一尉と宗教団体について、何か知っていたことを確信したようです。食堂の外では、時間もありませんでしたので、後で連絡すると言っていました」

溝ノ口は、「そうか」と答えると、瞼を閉じて考え始めた。斑尾は、きついお叱《しか》りを受けることも覚悟していた。しかし、溝ノ口の返答は意外なものだった。

「とりあえず、様子を見よう」

「え、対策を練らなくてよろしいのですか？」

もし裁判を起こされるようなことになれば、大問題になるはずだ。そこまでの事態にならなかったとしても、かなり困難な状況になる可能性もある。斑尾としては、内密、かつかなり急いで報告したつもりだった。

「今から、そんなに慌ててどうする。確かに、面倒な事態になる可能性はあるだろうが、反応を見ている可能性もある。それに、後で連絡すると言っていたのなら、続きのアクションがあるはずだ。とりあえずは、動くな。五高群司令にだけは、私の方から連絡しておく。副官は、思い出せる限り、詳しいやりとりの状況をまとめておけ」

「分かりました」

斑尾が、敬礼して引き下がろうとすると、溝ノ口がおもむろに言った。

「副官、分かっているようだが、今回の行動はうかつだったぞ。それに、少々取り乱し気味のようだ。まずは落ち着け。パニックになったまま考えても、考えたつもりで抜けが出る。動く前に考えろ。考える前に心を鎮めろ」

「了解しました」

斑尾は、大きく息をしてから敬礼し、司令官室を出た。どうやら、焦って取り乱し気味のようだ。自分でも、多少の自覚はあった。しかし、報告したことで、精神的にはずいぶん楽になったように感じた。明確な指示を与えられたことが大きかった。

その後は、命じられたとおり、やりとりの状況を詳細に書きだした。いずれ、必要になるはずだった。

＊

その日の夜は、那覇に所在する陸海空の主要部隊長が一堂に会する会合があった。部内の集まりだ。当然、斑尾も随行が必要だった。

一次会は基地内で唯一酒を飲むことのできる隊員クラブだったので、壁際に控えていた。会合中に溝ノ口から呼ばれることもある。電話番号などの連絡先を確認して知らせたり、お土産の手配を頼まれたりすることもある。そのために、姿を目で追う必要はあるものの、会合中はさしたる仕事はない。頭の中は、吉岡の件でいっぱいだった。

二次会は、自衛隊協力会の重鎮でもある金城《きんじょう》女史のスナックだった。メンバーは、一次会以上にハイレベル、将官のみに限定されていた。空自からは溝ノ口と目黒の他《ほか》、九空団司令と南警団司令、陸自は一五旅団長、海自は五航群司令だ。

金城女史のスナックは、那覇の中では格の高い飲食店が集まる若狭《わかさ》にある。昔からある店なのでスナックと名乗っているが、もう少し高級感のある店だ。斑尾は行ったことがなかったが、銀座のクラブというのはこういうところだろうかと想像できるような店だ。ホステスではなく、キャストと呼ぶらしい女性は、豪華だが品のあるドレスを身に纏《まと》い、髪を結婚式に行くような型に結い上げている。

こうした場に随行する場合、店外で待機することが多いのだが、金城女史の店では、随行する副官も店内に引きずり込まれる。斑尾は他の副官といっしょにカウンターで小さくなっていた。

　このレベルの二次会だと、随行はしているものの、その場で行うべき仕事は基本的にない。飲み過ぎなどのトラブル対応や部隊での緊急事態の連絡要員として、その場にいるだけだ。斑尾も含め、多くの副官は、飲んでも良いと言われている。アルコールを口にする時もあったが、この日は、とてもそんな気にはなれなかった。一見お酒っぽく見えるアップルジュースを舐《な》めている。吉岡が、どう動いてくるのか。いつ動いてくるのか。そればかり考えていた。

「斑尾副官は、元気がないわね」

　溝ノ口たちと話していた金城女史が、カウンターに戻って来て言った。

「考え事をしてました。でも、確かに元気はないかもしれません。ちょっと、失敗してしまって」

　そう言うと、背中をぽんぽんと叩かれた。

「なんくるないさぁ」

　沖縄の気質を一言で言い表している言葉だ。『なんてことはない』の琉球言葉だが、その語感も相まって、単に『なんてことはない』という意味に留まらない。『気にしなくていい』『気軽にやろう』というようなニュアンスを含んでいる。

「とにかく元気を出さなきゃ。落ち込んだまま考えても、いい考えは出てこないわよ。考えるより先に、まずは元気にならなきゃ」

「司令官と似たようなことを言われるんですね」

昼間、溝ノ口に報告した際に言われた言葉に似ていた。方向性が少し違うものの、まるで溝ノ口の言葉を原文にして、もじったかのようなセリフだった。

「あら。そうなの？　溝ノ口さんも私も、野心家だからねぇ。似てるところはあるかもしれないわね」

「野心家ですか？」

金城女史のことは、それほどよく知らない。しかし、溝ノ口が野心家だという印象はなかった。

「野心家って言葉に、変な色がついちゃってるかしら。Boys, be ambitious! の ambitious を持っている人。大志家って言った方がいいかもしれないわね」

「なるほど。それなら、分かります」

溝ノ口は、落ち着いて考えろと言う。金城女史は『なんくるないさぁ』の精神で元気を出せと言う。心を落ち着かせ、前向きに考えろということだろう。

そう考えると、アップルジュースをちびちびと飲んでいることも良くないのだろう。斑尾は、グラスに残っていたジュースを飲み干すと言った。

「ハイボールを下さい。でも、薄めで」

金城女史は、自らハイボールを作ってくれた。磨いたグラスにクラッシュアイスを入れ、ウイスキーを注ぐ。その上から静かにソーダを流し入れて軽くステアーした。

溝ノ口は、とりあえず様子を見ると言っていた。起こりうるケースは想定しつつ、吉岡の動きを待つことになる。副官に就任してから、様々な問題で〝待つ〟ことが多いと感じていた。

「待つ身は辛《つら》いって言うけど、VIPって、待ってばっかりだな」

斑尾は、談笑する溝ノ口を見た。上に行くには、忍耐力が必要なようだ。自分には無理かもしれない。事態は早く進展して欲しかった。

そんなことを考えていると、マナーモードにしたスマホが震えた。斑尾は、静かに立って店外に向かう。ナイトは終了している。航空事故はない。災派《さいは》か、交通や服務事故か、可能性を考えつつ発信者名を確認すると、吉岡だった。斑尾の願いがどこかの神に通じたのかもしれない。

「はい。斑尾です」

店のドアを後ろ手に閉めると、努めて普段と変わらない声を出した。

「こんな時間に悪い。今から、いやもっと後でも構わないんだが、話せないか？」

様子を見るという判断を下しているのだ。吉岡から話が聞けるチャンスは、渡りに船と言えた。しかし、まだ会合中だったし、溝ノ口に報告する必要もある。

「今、司令官の会合に随行中です。五高群司令も出られていた、在沖自衛隊の編制部隊指揮官会同の二次会です。もうしばらくすれば終わると思いますが、この後に続く可能性もありますし、終了時間は未定です。その後でよろしければ、電話します」

「分かった。それでいい。無理を言って悪いな。電話してくれ」

斑尾は、通話を切ると深呼吸した。

「よし。まずは落ち着く。そして、元気かつ前向きに、って言っても、報告からだな」

緊急で報告する内容ではない。会合が終わってから、タクシーで帰ることになるだろう。その車内で報告すればいい。斑尾は、回れ右をして飾り彫りの施されたスナックのドアを開けた。

＊

斑尾は〝ゆんた〟のカウンターに腰掛け、吉岡を待っていた。二次会が終了した時には二十三時を回っていたが、タクシーを降りた斑尾が電話すると、吉岡はこれからでも話したいと言った。夜も遅いので、吉岡が斑尾に配慮してくれた結果、場所は〝ゆんた〟になっている。

この時間の〝ゆんた〟は、賑《にぎ》わっていた。テーブル席が埋まっていたので、カウンターだ。普段、斑尾が夕食を食べるために座る入口近くではなく、一番奥側を確保してもらった。

「先に何か作っとく？」

唯には、誰が来るのかも話してある。ＣＰＸ前に、二度もいっしょに飲んでいるので、唯も覚えていた。事情は話していないものの、楽しい飲みではないことは察してくれている。斑尾は、少し考えて首を振った。

「大して飲まないと思うから、食べるものも簡単なのだけでいいはず。来てからでいいよ」

斑尾が、ビールだけで飲んでいると、一〇分ほどで吉岡が到着した。

「急に呼び出して悪かったな」

「いえ。随行の続きみたいなものですから。それに、しっかり話してくるように言われています」

溝ノ口に報告し、指示を受けていると宣言する。会同の帰りに、タクシー内で報告してあった。吉岡は、無言のまま肯《うなず》いて、隣に腰を掛けた。つまみは適当に頼んでと言われたので、沖縄風お好み焼きのヒラヤチーをメインに、島らっきょうの塩づけとジーマミ豆腐を頼んだ。時間が時間なので、軽いものをチョイスした。吉岡のビールが来ると、乾杯を合図に本題に入る。

「単刀直入に聞きたい。副官がサイトを知っていたってことは、情報保全隊とか、あるいは監察官あたりが黎峰会を危険視しているってことか？」

そのものズバリで聞かれたが、それは斑尾が答えることができない問いだった。ただし、以前と違い、どうすべきか聞いているので、態度を迷うことはない。斑尾は、無言のまま首を振って、ビールを口にする。これで通じただろう。首を振っても、否定の回答ではない。回答拒否。つまり肯定だった。

ややあって、吉岡は「やはり、目を付けられているんだな」と呟《つぶや》き、大きく息を吐いた。斑尾は、吉岡の苦悩に唇を噛《か》んだ。しかし、どうしようもない。

「上を狙ったって、無理だと知っていたのか？」

吉岡からなじられ、ジョッキを握る手に力が入った。

「副官は、難しいと思います。でも、それ以外は無理じゃないはずです……このままなら」

言外に、これ以上事を大きくすれば、上に行くことは難しいと告げていた。吉岡は、言葉の意味を噛み締めているのか、しばらく無言でジョッキをあおっていた。

「斑尾二尉が知っているのも、おかしいだろ」

次に口にした言葉は、意外なほど落ち着いていた。どうやら、斑尾からの警告は飲み込んでくれたようだ。

その一方で、この追及は、斑尾が恐れていたものだった。しかし、懸念を報告された溝ノ口は鼻で笑っていた。

「隊員指導は、それぞれの部隊長に任されています。だから、問題ないということでした」

斑尾の言葉ではないと匂《にお》わせる。吉岡は、空いたジョッキをカウンターに叩き付けた。斑尾の耳には大きく響いたが、賑わう店内では、雑音の一つだった。吉岡は、ため息を吐《つ》くと、頭《こうべ》を垂れた。グチにしかならないと分かったのだろう。

「どうするつもりですか？」

斑尾が問いかけても、吉岡は口を開かなかった。吉岡自身、悩んでいる。恐らく現時点では黎峰会という宗教団体に知らせることもしていないのだろう。斑尾がジョッキに口を付けると、ボソッと呟く声が聞こえた。

「仮に……だが、俺が不当な宗教差別を受けたと言って裁判を起こしたらどうなる？」

仮にと前置きしてあったが、吉岡とすれば自衛隊に対する脅しなのかもしれないし、反応を見るための観測気球なのかもしれなかった。そして、その展開は、斑尾が一番恐れたシナリオでもあった。

しかし、だからこそ、タクシーを降りた特借《とっかり》のエントランスで尋ねてある。

「私は、そうしたことに詳しくありません。部隊で勤務していて、普通に経験するような事案じゃありませんから。でも、こうした状況で、防衛省が負けることはないそうです。難しい裁判になるため、一回の裁判自体が長引きますし、三審が終わるまでには、そうとう時間がかかる可能性はあるものの、負ける可能性はまずないということでした」

ここまでは、溝ノ口からの入れ知恵を伝えただけだ。吉岡は沈黙している。彼が事実を飲み込む間を取って、自分の言葉を告げる。

「裁判が行われている間も、そして判決がどうなるにせよ、その後も、吉岡先輩が望むような人事がされる可能性はないと思います。マスコミを巻き込んで騒ぎにはなると思いますが、自衛隊も、吉岡先輩も傷つくだけです」

それでも吉岡は沈黙していた。斑尾は、彼の横顔を見て思い出したことを口にする。

「言ってましたよね。バーベキューの時、面白くない、先がないって。でも、群本部配置って、普通の補職じゃないですか。私も、次は群本部の可能性が高いと思います。裁判なんて起こしたら、その普通の補職もなくなっちゃうんじゃないですか？」

自衛隊に対して裁判を起こした隊員の補職がどうなるのかなんてレア過ぎて、斑尾も事例を知らなかった。これは、半ば脅しだ。だが、自衛官なら、言われなくても想像できる程度の話だ。幹部である吉岡にとっては、自明の話であるはずだった。

吉岡は、沈黙を続けている。斑尾に話せる話は、もうほとんど残っていない。あまり口を付けていなかったビールをあおると、「これは予想に過ぎませんが」と前置きして続けた。

「もし裁判を起こしたとしても、自衛隊としては、何も変わらないんじゃないでしょうか。たぶん、吉岡さんが信じてる宗教を、アウムみたいな危険な団体として、徹底的に排除するようになるだけだと思います」

これは外していないはずだ。裁判なんて起こしたら、情報保全隊が、徹底的にマークする団体になるはずだ。それは、吉岡にも分かるはずだった。

これ以上、斑尾に言えることはない。島らっきょうを噛み、口の中に広がる辛みをジョッキに残っていたビールで洗い流す。店内の喧噪《けんそう》が、しごく邪魔だった。吉岡は空になったジョッキを握りしめていた。

「しばらく考える」

独りごちるような吉岡の声が聞こえた。立ち上がって財布を出そうとするところで、斑尾が止める。

「いいです。私は、もう少し飲みたいので。私が払いますから」

「じゃあ、これだけ」

そう言って、吉岡は二千円をカウンターに置いた。もらいすぎだ。しかし、あれこれ言うことも気が引けた。斑尾は、吉岡の後姿を見送ると、唯に言った。

「残波《ざんぱ》、ロックで」

唯は、カウンターに泡盛《あわもり》を注《つ》いだグラスを置いた。そして、もう一つ透明なグラスが置かれる。

「こっちは水。明日も仕事でしょ」

見上げると、呆《あき》れたような顔で斑尾を見ていた。

「嫌な仕事だよ……」

斑尾が愚痴ると「そんなのばっかじゃないはずだよ」と言って厨房《ちゅうぼう》に戻っていった。斑尾は、一人にしてくれることが嬉《うれ》しい時もあるんだなと思いながら、喉《のど》を焼く残波をあおった。

＊

翌朝、斑尾は眠い目を擦《こす》りながら、溝ノ口を迎えた。守本にも「目が赤いですよ」と言われていた。戻ったら目薬を差す必要があるだろう。ＣＰＸの時に、溝ノ口用として医務官室からもらったものがある。車に乗り込むと、昨夜のやりとりを書き起こした資料を溝ノ口に手渡した。

「どうすべきか迷っているようですが、それ以前に、自分が信じていた宗教が危険視されていることにショックを受け、呆然としているような印象を受けました。一応、音声データもあります。メールに添付してお渡しします」

溝ノ口は「分かった」と言って資料をめくっていた。赤嶺《あかみね》駅の手前で、資料は読み終えたようだ。

「音声を聞くまでもないだろう。副司令官と幕僚長には話をしておくことにする。五高群司令も呼んでくれ」

「了解しました。本日中にセッティングします」

ゲートが近づき、斑尾は、いつものように姿勢を正した。

＊

溝ノ口が隷下の部隊長を呼んでいる場合、通常は副官に連絡する。副官配置のない部隊の場合は、副官的業務を行っている総務の担当者に連絡することになる。

しかし、今回は極力情報が広まることを抑えたかった。その上、一番に情報を流出させたくない相手は、五高群本部の中にいる。斑尾は、直接五高群司令の護国寺に電話をかけた。

「南西空司令官副官、斑尾です。お疲れ様です。司令官が直接お話しされたいそうです。本日の予定はいかがでしょうか。頂いているスケジュールでは、午後であれば問題ないかと思いますが」

「ずいぶんと板に付いてきたな。何の件だ？　緊急か？」

「緊急ではありませんが、特殊です。先日、司令官がお電話したと思います。吉岡一尉の件です」

「あれか。分かった。午前中で構わないぞ。都合は付ける」

「予定を変更して大丈夫でしょうか？」

斑尾は、吉岡に勘ぐられるのではと思った。

「大丈夫だ！　どうとでもなる」

『余計な心配をするな』と付け加えたかったのかもしれない。

「了解しました。それでは十一時でいかがでしょうか。場所は司令官室です」

「十一時だな。了解した」

ＶＩＰのスケジュールは斑尾が管理している。五高群司令の都合さえ確認すればＯＫだ。ＶＩＰの三人には、報告に入っている幕僚が出たタイミングで、それぞれに報告する。最後に、司令部内の各部課にも、臨時の打ち合わせが入ったことを通知して、セッティングは完了した。

＊

十一時からの予定なので、三〇分くらい前から報告、決裁に入る幕僚には、予定があることを念押しした上で、長引くような案件ではないことを確認してから報告に入ってもらった。十時五十分を過ぎてから報告に入ろうとする者には、十一時になった場合には、途中で打ち切りになることも言い添える。

五分前に五高群司令の護国寺が到着した。おかげで、それから報告に入ろうとする者はいなくなった。斑尾は、護国寺に応接室で待機してもらうようお願いする。

「ここでいい。部長にいちいち応接室なんて使わないだろ」

古巣で上司だった斑尾はまだ良くても、隷下の部隊長が副官室内にいると、副官付は落ち着かない。斑尾は、顔を伏せて居心地悪そうにしている三和を見て言った。

「それは、そうですが……」

十一時になったことを確認し、溝ノ口に再確認する。

「副官入ります。十一時になりました。関係者を入れてよろしいでしょうか?」

「ああ、副官も入ってくれ」

今回は予想していた。思いっきり関係者だ。

「了解しました。お茶はどう致しましょう」

十時過ぎにコーヒーも出してあるが、五高群司令もいるので一応確認した。必要ないということだったので、護国寺、馬橋、目黒の順に声をかけ、司令官室に入ってもらう。

司令官室の応接セットにメンバーが集まった。斑尾は、迎えの車内で溝ノ口に見てもらった書き起こし資料を全員に配ると、壁際に置いてあったパイプ椅子を出して腰掛ける。

情報保全隊による巡回保全点検から続く経緯は、溝ノ口が説明した。

「その上で、昨夜副官が吉岡一尉から呼び出された。資料は、その時の書き起こしだ」

昨夜の会話は、間の長い会話だったので、話していた時間はそれなりに長い。しかし、書き起こしてみると意外なほど短かった。

「副官、その時の印象を報告してくれ」

今朝の車内で報告したことだろう。斑尾は、昨夜の情景を思い出して報告する。

「吉岡一尉は、どうすべきか迷っているようでした。自分が信じていた宗教が危険視されていることにショックを受け、呆然としている、というのが私が受けた印象です」

初見となる三人は、資料をじっくりと眺めていた。最初に資料から目を上げた馬橋が、斑尾に問いかけてくる。

「どう出てきそうだ？　今のところは、宗教団体に伝えてはいないようだが」

以前の暴行事案などでも感じていたが、馬橋は人情派のようだ。この事案でも、簡単に吉岡を切り捨てるとは考えていないように見えた。

「それほど親しくはないので、確信は持てませんが、上に行きたいと言っていましたし、置かれた状況は理解していると思います。宗教団体に報告したり、裁判を起こしたりといった可能性は低いと思います」

「宗教を甘く見るべきではない。あれはイデオロギー以上にやっかいだ。それに可能性が低くとも、騒がれた場合の影響が大きすぎる」

目黒は、資料を睨み付けたまま言った。過去に、宗教関係の事案で苦労した経験があるのかもしれなかった。

「一応、確認をしたいのだが、五高群司令は、この件で指導は？」

溝ノ口に問われた護国寺が首を横に振る。

「いえ。私自身が気にして見ていただけです。本人だけでなく、周囲にも話していません。問題が問題ですから」

「副官へのアプローチ以外で、気が付いた点は？」

護国寺は、再び首を振って答える。

「いえ。特に気付いた点はありません。ですが、行っているとしたら、当然こっそりのはずですし、他にも勧誘行為を行っていた可能性はあります」

「同じ群内で噂《うわさ》になることを考えて、異動した斑尾二尉に接触した可能性はあるんじゃないか？」

馬橋の問いに、今度は首を縦に振った。

「その可能性はあると思います。副官が、異動前に希望外だと言って騒いでいたことは、群内では有名でしたから」

斑尾は、黒歴史を暴露されているようでいたたまれなかった。しかし、事実だったし、この場で言いつくろうべき話でもない。斑尾が不満を持っていることに目を付けて勧誘してきた可能性は高かった。

「他にも勧誘をしている可能性はあるが、今検討しなければならないのは、マークされていると認識して、どう動いてくるか、そして、我々がそれにどう備えるかだ」

溝ノ口は、この場のテーマを明示した。

「私としては……」

それだけでなく、最初から方針を示すつもりらしい。

「できることなら、受動ではなく、積極的に動いた方がいいと思っている」

「宗教が相手だと、差別だと言われる可能性がありますが……」

馬橋が懸念を口にすると、溝ノ口が肯いた。

「分かっている。だが、我々が宗教を恐れることによって、かえって良くない結果を招くのではないかと思っている。我々が、吉岡一尉に対して、腫《は》れ物に触るような対応をすれば、その恐れは他の隊員にも伝染する。彼は、より孤立するかもしれない」

「似たような経験がおありですか？」

問いかけたのは護国寺だった。溝ノ口は、肯いて言葉を続ける。

「かなり昔の話だ。今とは状況も違う。それでも、孤立し追い詰められた結果、さらに宗教にのめり込んでしまった隊員を知っている。結局、ずいぶん経ってから退職したらしい。当時の部隊長には、退職に追い込む意図があったんじゃないかと噂になった。指揮官に対する不信のタネにもなった。誰もが傷ついた」

「この吉岡一尉を引き留められるとは限らないのでは？」

目黒の言葉は、反論というよりも、溝ノ口の意図を確認するためのものに聞こえた。

「ああ、限らない。ダメならダメで構わない。宗教に限らず、外部にある存在によって行動を指示される可能性のある者を、部内に置いておくことはできない。自衛隊か、宗教か、選ばせるということだ」

溝ノ口が、そこまで明確に意思を固めていることに驚いた。斑尾が想像していた以上に、この問題を考えていたのかもしれない。

「今はまだ、その宗教団体に自分の状況を伝えてはいないようだ。本人の意思が曖昧《あいまい》なま、彼の置かれた状況が団体に伝わり、彼の思惑に反して騒がれるようになる前に、手を打った方がいいと考えている」

溝ノ口がそう言っても、残る三人は考え込んでいた。斑尾にも、溝ノ口の考えは理解できた。ただ、宗教を相手に、それが本当に正解なのかは分からなかった。長い沈黙の後、最初に口を開いたのは、目黒だった。

「私は、今後の補職を隊に危険が及ばないものにするだけで良いと思っていますが、司令官がそこまで仰《おっしゃ》るのなら。ただ、方法は要検討でしょう」

目黒は、基本的に放置することで吉岡を切り捨てるべきと考えているようだ。自衛隊にとって悪い結果になる可能性は低いのだろう。しかし、本人に良い結果をもたらすはずはない。飼い殺しになる。冷徹なリスク軽減策と言えた。しかし、溝ノ口の方針が明確なせいだろう。反対はしないという。続いて声を上げたのは馬橋だ。

「司令官に賛成します。積極策を取る上での問題は、司令官の覚悟だけです。もう腹が決まっておられるのですから、障害はありません」

改めて、覚悟を問うているようにも聞こえた。溝ノ口は、肯いてみせると護国寺を見た。司令部内での会合だ。護国寺は、初めから一歩引いた姿勢を貫いている。溝ノ口は、その護国寺にも意見を求めていた。どう動くにせよ、吉岡の部隊長である護国寺が、直接の指導をすることになるからだろう。

「自衛隊か、宗教かを選ばせるということであれば、宜《よろ》しいかと思います。後は、私から話をするか、別の誰かを使うか考えるだけです」

「説得ができそうな、親しい隊員や同期は？」

馬橋に問われ護国寺が答える。

「群本部内にはいません。那覇基地内には同期がいると思いますが、私は承知していませんん」

それは、人事課で調べてもらえばすぐに分かる。斑尾が確認に向かうために腰を浮かそうとすると、護国寺が続く言葉を口にし始めた。

「五高群内では、恩納分屯《ぶんとん》基地に同年代が一人おります。確か同期だったと思いますが、確認が必要です。個人的に親しいかどうかも承知していませんが、できれば他の部隊を巻き込まないためにも、もし同期なら、この隊員に説得させたいと思います」

誰のことなのか、斑尾にはピンと来た。その隊員は斑尾からしたら先輩だ。そのため、いまだに末端の部隊にいることは珍しいのだが、彼にはそれだけの事情があった。

「確かに、できるなら他の部隊は巻き込まない方がいいですね」

目黒の言葉に、溝ノ口も馬橋も肯いていた。問題は同期かどうかだ。斑尾は「確認します」と言って立ち上がった。

「待て！」

立ち上がったところで目黒に止められた。

「はい。何でしょうか？」

「できれば、人事にも聞かない方がいい」

当然、詳しい事情など話すつもりはなかったが、疑問を持たれる可能性を少しでも減らした方が良いということだろう。人事課に確認することが最も正確だったが、他にも手はあった。

「分かりました。でしたら、副官室にエデム会の名簿を置いてあるので、それで確認してきます」

エデム会は、高射職域の幹部で構成された団体だ。時折、会報も送られてくるが、名簿が一番役に立つ。異動が多いので、主に年賀状を書く時に重宝するのだ。空自内には、エデム会のような職域団体がいくつもある。一番大きなのは、恐らく情報通信職種の三和会《さんわ》だろう。

斑尾は、副官室に飛び込むと自分のデスクの引き出しから名簿を出して確認する。

「もう終了ですか?」

立ち上がった三和に問いかけられた。

「まだ。ちょっと確認に来ただけ。もう少しかかると思う」

名簿は、現在の所属部隊別に記載されている。吉岡の期別を確認し、ページをめくると探していた名前は、すぐに見つかった。同期であることを確認して、司令官室にとって返す。

「確認しました。吉岡一尉と桜田《さくらだ》一尉は、防大の同期で間違いありません」

斑尾が報告すると、護国寺が桜田について報告を始めた。

「特技は高射運用と高射整備ですが、術科学校もほとんど同時期に入校だったはずです。五高群には桜田一尉が先に来ており、吉岡一尉が後から来たかたちになります。確か、吉岡一尉が来た時には、もう群本部から一九高隊に異動していたはずなので、こちらで顔は合わせていなかったはずです」

「群本部から一九高隊に異動したのか？」

編制部隊の司令部から現場である編制単位部隊への異動は珍しい。疑問に思った溝ノ口が質問していた。

「桜田一尉は、もともと一九高隊勤務だったのですが、体を壊して群本部付にしていました。特殊な病気で、頻繁に那覇病院に通う必要があったのです。今後も治療は続くそうですが、部隊勤務に耐えられる状態になったので、小隊長業務を経験させておく必要もあり、元部隊である一九高隊に戻しました」

「そうか。何の病気だ？」

「ナ……何だったかな？」

護国寺は、病名を忘れていたようだ。それで特殊な病気と言ったのだろう。斑尾を見つめた目が、代わりに答えろと言っていた。

「ナルコレプシーです。居眠り病と言われることもある睡眠障害の一種だと聞きました」

「日中でも、何度も寝てしまうという病気か？」

馬橋は、聞いたことがあるようだ。護国寺が説明するはずなので、斑尾は口を閉ざしていた。

「症状には様々なものがあるそうです。中には突然眠り込んでしまうものもあるようで、車の運転などは危険なのだそうです。桜田一尉の場合は、訓練中に眠り込んでしまうこともあったと報告を受けています」

「副官も、その桜田一尉の病気については知っていたのか？」

今度の質問は溝ノ口だった。

「はい。私が五高群に来たばかりの頃《ころ》に、同時に参加していた防空戦闘の訓練途中で寝込んでしまい驚いたことがありました。後で病気だったと聞き、納得しました」

「そうか。では話を戻そう」

溝ノ口は、そう言うと言葉を継いだ。

「なるべく早く、その桜田一尉に、吉岡一尉を説得させる。細部は五高群司令に任せようと思うが、何か補足、追加があれば言って欲しい」

目黒も馬橋も付言することはなさそうだったが、護国寺が口を開いた。

「桜田一尉を呼んだ後ですが、斑尾二尉を貸して頂けないでしょうか。桜田一尉に細かな事情を伝えさせたいと思います」

「分かった。それがいいだろう。その他にも必要なことがあれば、使って構わない。副官、こちらの業務に支障が出ない限り、支援するように。通常業務の範囲内という意味じゃないぞ。そもそも、自分で蒔《ま》いた種だ。しっかりやれ」

最後に、ぶっとい釘《くぎ》を刺されてしまった。斑尾は、姿勢を正し「了解しました！」と答えた。

「よし。では解散だ」

溝ノ口のかけ声を合図に、一斉に立ち上がる。斑尾も、素早くパイプ椅子を片付けた。

方向性は固まったが、まだまだ困難が続きそうだった。

＊

なるべく早くと言われ、護国寺はすぐに動いた。結果として、その日の夜、斑尾は那覇市内の個室のある居酒屋に一人で入った。桜田が吉岡と話す個室に隣接した部屋だ。自衛隊がよく使うことのある居酒屋なので、無理を言って一人なのに個室を押さえてもらった。北海道直送の鮮魚を売りにしている。こうした店は意外と多い。現代の流通技術のなせる技なのだろう。

店に入った時刻は、桜田と吉岡が待ち合わせるより三〇分も前だった。時間厳守が身に染みついているため、吉岡は早めに到着するはずだ。彼と鉢合わせしないためには、このくらいの余裕を見ておく必要がある。後で、店員を呼ぶ必要がないように、多めに注文してテーブルを埋めておいた。

司令官室での打ち合わせは昼前に終わり、護国寺は、その後直ぐに一九高隊長に電話したらしい。昼飯を食べている最中に『群司令特命で、一泊する予定で那覇に向かえ』との伝言を伝えられた桜田は、慌てて那覇に駆けつけた。しかも、高速道路を飛ばしている最中に、群本部ではなく南西空司令部の副官室に出頭しろと連絡を受けたらしく、斑尾の前に現れた桜田は青い顔をしていた。

桜田を司令部庁舎に来させたのは、単に吉岡に悟られないようにするためだった。小会議室に案内し、簡単に事情を説明すると、複雑な表情を見せた。胸をなで下ろすと同時に、吉岡の状況に苦い思いを抱いたようだ。その後に到着した護国寺が詳細を説明し、彼には吉岡が妙なことをしでかさないよう説得するという重大ミッションが課された。

場合によっては、説得を手伝ってもらいたいと桜田が要望した結果、斑尾が隣接する個室で状況を窺《うかが》いながら控えていることになった。二人の会話は、桜田と通話アプリを繋《つな》げたままにすることで、イヤホンを耳に突っ込んだ斑尾にも聞くことができるようにする予定だ。待ち合わせの一五分前に、桜田の方から着信が入った。

「桜田です。聞こえますか？」

斑尾が返答すると、吉岡が到着したので、このまま繋げておくという。やはり予定よりも早く来たようだ。

「よう。集合訓練でもあったのか？」

「いやぁ。訓練じゃないよ。それより、聞いてくれよ。急に来ることになったから車がなくてさ。なんと、ゴミ収集車だったんだぜ。警衛が目を丸くしてたよ」

桜田は、那覇に来た理由をはぐらかそうとしていた。

「ゴミ収集車？　あれって、普免で乗れるのか？」

「今だと準中型が必要かな。俺は部隊勤務になってすぐ免許を取ったから、普免で乗れるらしい。乗れない方が良かったよ」

桜田は、ゴミ収集車を自分で運転してきたらしい。確かに、一等空尉がゴミ収集車を運転していたら、ゲートで勤務している警衛隊員はビックリするだろう。

二人は、たわいない話をしながら、店内に入ってきた。斑尾は、片耳にだけイヤホンを装着している。反対の耳からも直接会話が響くようになってきたことで、個室に近づいて来たことが分かった。

二人が個室に入ると、直接に聞こえる声はくぐもって聞き取りにくくなった。反対の耳にもイヤホンをねじ込む。二人が話すのは久々なのか、乾杯をして三〇分以上経過しても、桜田の病気の経過や同期の状況について話をしていた。

斑尾は、しびれを切らし、卓上のボタンを押して店員を呼んだ。お代わりのビールを口にしながら、二人の会話に耳をそばだてる。

小一時間ほど話すと、やっと桜田は本題に入ろうとしていた。気持ちは分かる。久々に顔を合わせた同期と話したい話題ではない。桜田は、しぶしぶという口調で切り出した。

斑尾は、目を閉じてイヤホンから響いてくる二人の声に集中した。

「あのな、今日那覇まで来たのは、群司令に呼び出されたからなんだ」

「呼び出されたって、何でだ」

吉岡の声が一気に固くなった。桜田の那覇出張が、黎峰会に関係しているものだと感づいたのかもしれない。

「分かるだろ」

桜田の声が低く響くと、沈黙が訪れた。吉岡は沈黙したままのようだ。

「何でなんだ？　いや、こんな聞き方しても意味がないか。宗教なんて、ダメなのは分かってるだろ？」

長い沈黙を破ったのは桜田だった。問いかける言葉は混乱している。さもありなん。

「悪いことか？　俺の信念は〝悪〟なのか？」

「そんなこと言ってないだろ。お前が何を信じようが、悪くないさ。だが、それを自衛隊に持ち込んじゃダメだろう」

また沈黙がやってくる。ややあって、テーブルを叩き付けるような音が響く。

「同期だろう。何で同期のお前まで、そんなことを言うんだよ！」

「バカを言うな。同期だから言うんだろ。そりゃ群司令に言われなきゃ気が付かなかったさ。もちろん、説得しろとも言われてる。だが、今ここで話をしているのは、命じられたからじゃないぞ。同期がヤバイ状態だから話してるんだぞ！」

「どこがヤバイって言うんだ。仏教を信じている自衛官はいくらでもいるだろ」

「俺は宗教のことはよく知らないよ。でも、南西空司の副官に本を渡したって話は聞いた。今、その本を持っているか？」

かすかな衣擦《きぬず》れの音は聞こえたが、首を振ったのか、肯いたのかは分からない。

「なけりゃないで構わないよ。でも、その本を見ただけじゃ、お前が信仰している宗教団体の本だって分からないように書かれているんだろ。それは、自分たちがヤバイ宗教だって自覚しているからだろ」

「違う。そうじゃない。ほとんどの日本人は、宗教だと聞くと、それだけで拒否反応を示すからだ。拒否反応を起こさせずに、教えを知らしめるには、宗教だって名乗らない方がいいんだ」

「ヤバイ宗教じゃなきゃ、どっちでも大差ないよ。隠してない宗教なんていくらでもあるじゃないか」

またしても無音の間がやってくる。吉岡にとっては、痛いところを突かれたはずだろう。同じようなことは、斑尾だって言えた。だが、斑尾が口にするよりも、遥《はる》かに吉岡の心に響くはずだ。信頼度が違う。

桜田は、防衛大学で吉岡と同じ大隊だったと言っていた。

防大では、入学すると全員が学生隊に所属する。その学生隊は四個大隊に分かれており、大隊内はさらに細かく中隊や小隊に分けられている。日常生活や各種行事は、これらの学生隊内の組織に分かれて行うことになる。二人は、防大生の内は、特段親しい仲ではなかったらしい。それでも四年間、同じ大隊であったということは大きい。同じ苦しみ、同じ喜びを味わってきた仲なのだ。

斑尾にとっての同期は、防大生が防大卒業後に入る奈良の航空自衛隊幹部候補生学校の同期だ。その期間はわずか一年だったが、同期という存在は、それまでの中学、高校、そして大学の同窓生などとは重みが違う。同じ釜《かま》の飯を食うという言い方がされることもあるが、寝食を共にする仲というのは、何かが違う。

桜田と吉岡の間には、斑尾が同期に対して抱く思いの四倍の思いがあるはずだった。

「俺に、黎峰会に関わるなって言うのか？」

吉岡の問いは、うわずっていた。

「そんなことは言ってない。言ったら、それこそ宗教差別になっちまうし、宗教を止《や》めるように説得しろとも言われてない」

「じゃあ、何て言われているんだよ」

「簡単だ。自衛隊に宗教を持ち込まない。それだけだ。南西空司の副官に本を渡したようなことをしなけりゃいいんだ」

「今さら止めたって……もうダメさ」

投げやりな言葉だった。それでも、吉岡は、少しだけ軟化してきたようだ。

「止めたって？」

桜田は、オウム返しで聞いていた。多分、吉岡の心の中は、まだ整理ができていない。吉岡自身に、自分の心を整理させたいのかもしれない。

「自衛隊に持ち込まないようにしたって、俺が黎峰会を止めなきゃダメだろう？　今回の件で、はっきり分かった。自衛隊は……というか情報保全隊は、黎峰会を危険な宗教団体としてマークしてる。俺が黎峰会を信仰している限り、俺も情保隊にマークされる」

吉岡の言葉は、助けを求めているようにも聞こえた。桜田にも、それは感じ取れたと思うのだが、彼は直ぐに言葉を発しなかった。

「マークはされるんだろうな……」

斑尾は、両耳に突っ込んだイヤホンに手を当てながら、目を見張った。吉岡をフォローするどころか、突き落としている。

「だって、考えてもみろよ。お前が、本当にその黎峰会とやらと関係を絶ったとして、マークが外れると思うか？」

「無理……だろうな。五年……いや一〇年くらいはマークされ続けるかも」

「だろ。自衛隊は甘くない。退官するまで続いたっておかしくない」

「だから、その黎峰会とやらがアウムみたいなヤバイことを始めるんじゃなければ、お前が接触を絶とうが絶つまいが、ほとんど関係ないんだよ。クーデターを狙っているわけじゃないんだろ？」

「今のままじゃ、日本は滅びる。そう考える人を増やすことで、政府に影響を与えようとしているだけだ」

「それだけ聞くと政党と大差ないな。俺は詳しく知らないけど、情保隊がマークしているんだから、それだけじゃなさそうな気もするけど……」

「そんなことはない！」

吉岡は、黎峰会を信じ切っている。これは、生半可なことでは変わらないだろう。

「まあ、その真偽はどうでもいいよ。そう認識されているってことは、分かっているだろ？」

「まあ……な」

吉岡は、しぶしぶ同意していた。

「だから、お前がやらなきゃいけないことは、もう二度とその宗教を自衛隊に持ち込まないってことなんだよ。簡単だろ？」

「しかし、このままじゃ日本は滅ぶ！」

「じゃあ何か？　念仏を唱えりゃいいのか？」

桜田が、何かをつまんだのか、カチャカチャと箸《はし》が食器に当たる音が聞こえた。

「悪い」

そう言ったのは桜田だ。さすがに吉岡に睨まれたのだろう。その後は沈黙が訪れた。桜田の突き放したような問いかけは、吉岡をいらだたせながらも、考え込ませているのかもしれなかった。

音声だけでは、どうにも様子が分かりにくい。斑尾は、二人がいる個室との間にある薄い壁を見つめてみたが、いくら薄くとも見通せるはずなどない。目をつぶり、意識だけはイヤホンから響いてくる音に集中させ、ジョッキに口を付けた。

「今さら、持ち込まないようにしたって、もうどうにもならない……」

「どうにもならないって、どういう意味だよ」

「言葉通りさ。情保隊にマークされているだけじゃなく、群司令や方面にまで睨まれてる。この先、まともな配置なんて期待できない。ＣＳだって無理だ……」

テーブルを叩き付けるような激しい音が響いた。

「そうかもな。だけど、お前、それを俺の前で言うかよ！」

斑尾も、同じように感じていた。桜田には残酷な言葉なはずだ。あまっちょろい泣き言に聞こえたのだろう。吉岡がどんな顔をしているのか分からない。桜田がたたみかけていた。

「治療で症状は治まった。車の運転だって大丈夫だ。でも、俺の病気は、治るってことがない。一生病気は続くし、一生治療を続けなけりゃならない。症状が酷《ひど》くなる可能性だってある。重要なポジションに就けてもらえる可能性なんて、どう考えたってない。今の小隊長職だって、経験させておく必要があるから就けてもらえてるだけだ。よく首にならないもんだよ。自衛隊にとっては、お荷物かもしれない。小隊員だって気にしてる。しかし、幹部自衛官は人材難だ。俺みたいのでも、使えるポジションがあるんだろ。重要じゃないかもしれないが、俺が必要とされるポジションがあるはずなんだ。お前だって同じだろ！」

そうまくし立てると、桜田は店員を呼んでビールをお代わりしていた。まだ二十時前だ。店内は空《す》いている。お代わりは直ぐにやってきた。

「同期の大多数だって、遅かれ早かれ似たような状況になる。上に行けるのなんて、ほんの一握りだからな。俺たちは、その宣告が少し早かっただけだ。それに俺と違って、お前のは自業自得だぞ」

「分かってるよ」

「ホントに分かってるか？　分かってたら、そんな泣き言が口から出てくるか？」

「分かってるさ。副官にも言われた。どうにかなるはずなんてないんだ。裁判なんて起こしたところで、引っかき回して状況を悪くするだけだ。分かってる。分かってるよ」

後半は涙声だった。

たぶん、吉岡は大丈夫だ。斑尾には、そう思えた。人の心なんて、どう変わるか分かったものじゃない。それでも、吉岡は最悪の状況、裁判を起こしたり、マスコミに訴えるようなことはしないだろうと思えた。

「でも……でも……」

もう声になっていなかった。

「でも、何だよ」

優しく呼びかけていた。桜田は、那覇病院に通うため、群本部付になっていた。顔を合わせた機会も少なからずある。桜田の病気は、死に至るような病ではない。しかし、原因もよく分からず、根治することもない病気だ。一時期は、群本部内で『桜田を一人にするな』という指示が出ていたと聞いている。斑尾が見ても、死相が出ているような顔だったのだ。そこから立ち直った桜田は、こんな吉岡を前にしても、少しも揺らいではいない。

斑尾は『強いな』と思った。

「こんなことになったら、部隊に居場所がない。同期にだって合わせる顔がないよ」

「お前な……俺が急遽《きゅうきょ》呼び出されたって話したろ。群内でこのことを知っているのは、群司令と俺だけだぞ。一九高隊長も、何も聞いてないって言ってた。病気の件かもしれないと言ってたくらいだ。南西空司令部でも、お前が話した副官と司令官クラスだけらしい。お前が、あちこちで話してないんだったら、知っている人間はごく一部だ。居場所のことなんか気にするようなことじゃない。それに……」

そう言った桜田の語尾は、声が低くなっていた。

「たとえ全部知ったとしても、同期は同期だぞ。なめんなよ。同期がお前を見捨てたりするわけはないだろ。俺の病名が分かって、群本部付になった後、何人の同期が俺んとこに押しかけてきたか分かるか。どいつもこいつも、移動訓練やら何やらで、那覇に来た連中が入れ替わり立ち替わり来やがって。そのたびに沖縄料理の店に連れて行けとか言われて大変だったんだぞ。病気の治療どころか、肝臓がダメになるかと思ったくらいだ」

斑尾は、聞き耳を立てながら、目頭を拭《ぬぐ》った。防大出身者がうらやましかった。やはり、四年の年月は、重みが違う。

「そうかな……」

吉岡の声は、まだ震えていた。それでも、微《かす》かに明るくなっていた。

「そうさ。それにな。この際だからはっきり言っておくぞ。確かにお前は宗教関係でマークされているのかもしれないが、業務上でポカをやらかしたわけじゃない。居眠りをしてた俺なんかよりも、余程マシなんだ。そのくせ、もうダメだとか抜かすんだったら、俺より先に三佐昇任したらぶっ殺すからな」

「いや、それはちょっと……さすがにお前よりは早いかもしれない」

「てめぇ、そう思っているのに、もうダメとか抜かしてるのかよ」

言葉は罵倒《ばとう》だったが、桜田の声は笑っていた。

二人は、まだまだ話し込みそうだったが、斑尾の出番はなさそうだ。通話状態のままになっていたアプリを切ると、二人とかち合わずに済みそうなタイミングを窺って店を出た。

桜田にメッセージを送っておく。

『必要なさそうなので、先に帰ります。お疲れ様でした』

ふ〜っと吐いた息が、夜空に吸い込まれて行った。

＊

登庁してきた溝ノ口に続いて、彼のバッグを持って司令官室に入る。バッグを執務机の脇《わき》に置き、姿勢を正した。

「昨夜の桜田一尉による、吉岡一尉の説得ですが、恐らくうまくいったと思います」

基本的に、報告の最初に結論を述べる。

「途中まで隣室に控えて話を聞いておりました。吉岡一尉は、置かれた状況を理解されているようですし、今の立場を全て捨てても、というような考えを持っているわけではなさそうです」

「そうか。だが、将来的にどうかは分からないな」

「はい。そういう意味では、おっしゃっていた経過観察になるのだろうと思いました」

詳細は、本来の報告義務を持つ五高群司令から報告されるはずだ。斑尾は、簡単に報告するだけで十分だった。

「一点だけ、宜しいでしょうか?」

「何だ?」

斑尾は、背いた溝ノ口に問いかけた。

「今回の件は、結果的には良かったと思いますが、部外への影響を考えると、結構リスキーだったようにも思います。説得に失敗し、マスコミを巻き込んだり、裁判になった場合は、どう対応しようとお考えだったのでしょうか?」

斑尾には、この点が疑問だった。裁判なんてことになれば、溝ノ口自身のこの後の人事にも影響しかねなかったはずだ。意図を聞いておきたかった。

「別に、どうもこうもない。マスコミが騒ごうが、裁判になろうが、粛々と対応すればいい。幕や渉外、それに管理や法務は忙しくなるだろうが、それだけだ。何が気になっているんだ?」

溝ノ口の答えは、意外だった。

「え、大騒ぎになると思うのですが、構わないのでしょうか。自衛隊が宗教差別をしているとか、非難の声が大きくなると思います。それに、司令官の人事にも……」

「本当にそうか?」

溝ノ口は、そう問いながら椅子に深々と掛け、言葉を継いだ。

「確かにマスコミは騒ぐだろう。だが、私は気にする必要はないと思っている。もう一〇年以上前の話だが、国会で自衛隊が暴力装置であると言われて問題になったことがある。自衛官に対する冒瀆《ぼうとく》だということでな。しかし、自衛官としては、さほど違和感のある言葉でもないだろう？」

そう問われて、斑尾は素直に答えた。

「はい。服務の宣誓が必要な理由を学んだ際に、同じような趣旨で教わった記憶があります」

溝ノ口が肯く。

「我々にとっては、〝暴力装置〟と言われると、ちょっと引っかかりはあるものの『まあ、そうだよな』という程度の話だろう。〝暴力装置〟という言葉が、マルクスの言葉でもあったから、強く反応した議員もいるのだろうが、武力を用いる組織の一員としては厳格な中立性を持たなければならないのは自明なことだ。しかし、この姿勢を国民に分かってもらうことは難しい。アピールのしようがないからな。今回の件が騒ぎにでもなれば、ちょうどいいアピールの機会になったはずだ。騒ぎになったら、粛々と『必要なことをやっています。ご安心下さい』と言えばいいだけだ」

溝ノ口は簡単に言っていたが、そうなれば、溝ノ口の立場は危うくなる。しかし、その覚悟を決めているのだということは分かった。溝ノ口が、それだけの覚悟を決めているのならば、副官は、それを全力でサポートしなければならない。

「分かりました。ありがとうございます」

斑尾は、かかとを打ち付けて〝敬礼〟すると、司令官室を辞した。週末にでも、〝ゆんた〟で飲みながら、ゆっくりと考える必要がありそうだ。吉岡の思い、桜田の思い、そして溝ノ口の思い。思考は理解できても、思いはなかなか整理できなかった。

「まだまだだなぁ」

本書はハルキ文庫の書き下ろし作品です。

Haruki Bunko
ハルキ文庫

あ 33-3

航空自衛隊《こうくうじえいたい》 副官《ふくかん》 怜於奈《れおな》❸

著者　数多久遠《あまたくおん》

2022年 1月18日第一刷発行
2022年 2月 8 日第二刷発行

発行者　角川春樹

発行所　株式会社角川春樹事務所
〒102-0074 東京都千代田区九段南2-1-30 イタリア文化会館

電話　03(3263)5247(編集)
03(3263)5881(営業)

印刷・製本　中央精版印刷株式会社

フォーマット・デザイン　芦澤泰偉
表紙イラストレーション　門坂 流

ISBN978-4-7584-4453-8 C0193 ©2022 Amata Kuon Printed in Japan
http://www.kadokawaharuki.co.jp/ [営業]
fanmail@kadokawaharuki.co.jp [編集]　ご意見・ご感想をお寄せください。